Marges du Livre

– Fictions bibliques –

Michel Théron

Marges du Livre

– Fictions bibliques –

∎

Illustrations de Stéphane Pahon

© Michel Théron, 2018
Éditeur : BoD - Books on Demand
12/14 rond-point des Champs Élysées, 75008 Paris, France
Impression : BoD-Books on Demand,
Norderstedt, Allemagne

ISBN : 9782322084517

Dépôt légal : mars 2018

*Les textes sont comme les désirs ou les trains :
  chacun peut en cacher un autre.*

Avant-propos

Vivre est se souvenir. Des livres qu'on a lus, des tableaux et des films qu'on a vus, des musiques et des chansons qu'on a entendues, etc. Tout cela nous constitue et nous institue, modèle et modélise notre présent, qui autrement serait d'une extrême pauvreté. Comme dit très profondément Valéry : « Sans les romans, comment pourrait-on s'y prendre pour faire sa cour à une femme ? ». Ce sont là Miroirs instituants, qui nous font vivre. On voile les miroirs dans les chambres des morts, et un vampire, un mort-vivant, ne se reflète dans aucun miroir.

Écrire est dans le même cas. C'est se mettre à l'écoute, non seulement des sensations actuelles singulières (ou qu'on croit telles), mais aussi, et surtout dirai-je, d'anciennes paroles déjà entendues ou lues. Où ? On ne le sait peut-être pas. Mais elles sont là, qui nous précèdent et nous visitent, comme les langues de feu un jour (quel jour ?) descendues sur les Apôtres, en une Pentecôte laïque. Écrivant cela, on voit que je ne fais que me remémorer. Mais bien naïf qui croit, s'il le fait, ne pas être personnel…

Nous parlons, mais en nous s'incarne une Parole qui nous est antérieure et au service de laquelle nous nous mettons. Sans nous, elle n'existe

Avant-propos

pas. Mais sans elle, nous ne sommes pas. Elle est plus importante que nous, même si c'est nous qui la proférons. Dans les faits, nous succédons à d'autres, qui avant nous aussi ont parlé. Qui fut le premier à le faire, nous ne le savons pas. « Comme dit l'autre... », entend-on souvent. Quel Autre ? Version agnostique de la voix de Dieu...

Les textes qu'on va lire ont rencontré une voix de ce type. Chaque livre est une réécriture, un palimpseste : il s'écrit dans les marges d'un autre, ou d'autres. Celui-ci s'inscrit en marge du Livre, en l'occurrence celui qui, avec d'autres bien sûr mais aussi de façon essentielle, m'a modelé : la Bible. C'est un magnifique réservoir de scénarios de vie, que nous pouvons revivre à bien de nos moments.

Je ne le vois que comme tel. Mon approche n'est pas théologique ou exégétique, mais littéraire, c'est-à-dire immédiatement sensible, mais aussi, et le paradoxe n'est qu'apparent, toute irriguée de mémoire. On n'y trouvera aucun catéchisme, mais des incarnations, illustrations, actualisations comme on dit parfois, de ce Texte, à l'ombre duquel ils ont été écrits. S'il est inspiré, comme on dit, je ne sais : l'essentiel est qu'il nous inspire, et qu'il éclaire, tout en l'enrichissant, tel ou tel moment qu'en simple humanité nous avons vécu.

Avant-propos

∎

Les textes qui suivent ont été classés arbitrairement par ordre alphabétique. Mais on peut les lire dans l'ordre qu'on veut. Composés poétiquement, c'est-à-dire avec densité, utilisant souvent suggestion et ellipse, on devra inévitablement les lire et méditer plusieurs fois pour mieux s'en imprégner. Mon souhait serait que ce petit livre devienne un compagnon fidèle, et fasse non seulement revivre les scènes évoquées, mais aussi réfléchir sur leur sens et les leçons qu'on en peut tirer, à l'ombre du Texte qui les surplombe.

∎

La première édition de cet ouvrage est parue en 2014 chez Golias, sous le titre : *À l'ombre de la Bible – Scènes de vie*. Par rapport à cette édition, le livre actuel a été considérablement enrichi.

Je remercie enfin l'artiste Stéphane Pahon, qui a illustré cet ouvrage. On peut le retrouver sur sa page Facebook : Pahon Création (C).

Anorexie

Eux – Mais qu'a-t-elle donc ? Vraiment nous ne comprenons pas. Nous la choyons le plus que nous pouvons. Elle ne manque de rien, elle a tous les atouts pour elle. À l'école elle réussit très bien, elle est en tête de sa classe. Mais aussi, pourquoi se tient-elle à l'écart de ses camarades, pourquoi cherche-t-elle ainsi la solitude ? Apparemment elle n'est pas comme les autres, elle n'est pas d'ici. Mais surtout, pourquoi refuse-t-elle de manger ? Peut-être fait-elle un régime, pour ressembler à ces modèles sur papier glacé qui fascinent ces adolescentes. Pourtant elle n'a jamais été grosse. Pourquoi aussi ce mutisme avec nous, ce refus de la table familiale ? Elle a une mine cadavérique. Oui, c'est ainsi : c'est un lent suicide, une mort programmée. Si un miracle ne vient de la médecine, elle mourra, sûrement. Nous ne verrons plus la charmante petite fille que nous avons tant aimée, si pleine de promesses. Mais que lui avons-nous fait ?

Elle – Ils n'ont rien fait que d'être devant moi toujours. Et ce qu'ils sont, je ne peux l'admettre. Lui, il va tous les jours à son travail, en revient fourbu, mange ou plutôt bâfre, et puis regarde la télévision. Cet avachissement, est-il possible que j'en provienne ? Et quant à elle, satisfaite dans son rôle de mère-poule, elle me dégoûte parce que je suis en train de lui ressembler. Mon corps s'est modifié, et me promet aussi à un destin de mère-pondeuse. Je n'en veux à aucun prix. Quelle bêtise que de penser que je fais un régime minceur ! Comme si je n'en voyais pas la vanité ! Et quelle absurdité, quelle inconséquence à vouloir que je réussisse si bien à l'école, que j'y comprenne ce qu'on m'y apprend, et que je ne comprenne pas certaines choses à la maison ! On ne peut faire deux poids, deux mesures. Ou l'on reste aveuglé, ou l'on devient lucide. Ce monde qu'on me promet, il me tue d'avance. Je ne veux pas être comme eux, je ne veux pas être le tombeau de mes rêves. Je n'ai pas leur faim, c'est d'autre chose que j'ai faim. La médecine n'y pourra rien, sinon simplement me torturer. Maintenant je veux la mort comme un long sommeil, enfin...

L'ÉTRANGER – *L'enfant n'est pas morte, mais elle dort. Qu'on lui donne à manger...**

---

* *Marc 5/35-43 : Comme il parlait encore, il vient des gens de chez le chef de synagogue, disant : 'Ta fille est morte ; pourquoi tourmentes-tu encore le maître ?' Et Jésus, ayant entendu la parole qui avait été dite, dit aussitôt au chef de synagogue : 'Ne crains pas, crois seulement.' Et il ne permit à personne de le suivre, sinon à*

Anorexie

Pierre et à Jacques et à Jean le frère de Jacques. Et il vient à la maison du chef de synagogue ; et il voit le tumulte, et ceux qui pleuraient et jetaient de grands cris. Et étant entré, il leur dit : 'Pourquoi faites-vous ce tumulte, et pourquoi pleurez-vous ? L'enfant n'est pas morte, mais elle dort.' Et ils se riaient de lui. Mais les ayant tous mis dehors, il prend le père de l'enfant et la mère, et ceux qui étaient avec lui, et entre là où l'enfant était couchée. Et ayant pris la main de l'enfant, il lui dit, 'Talitha coumi' ; ce qui, interprété, est : 'Jeune fille, je te dis, lève-toi.' Et aussitôt la jeune fille se leva et marcha, car elle avait douze ans ; et ils furent transportés d'une grande admiration. Et il leur enjoignit fort que personne ne le sût ; et il dit qu'on lui donnât à manger.

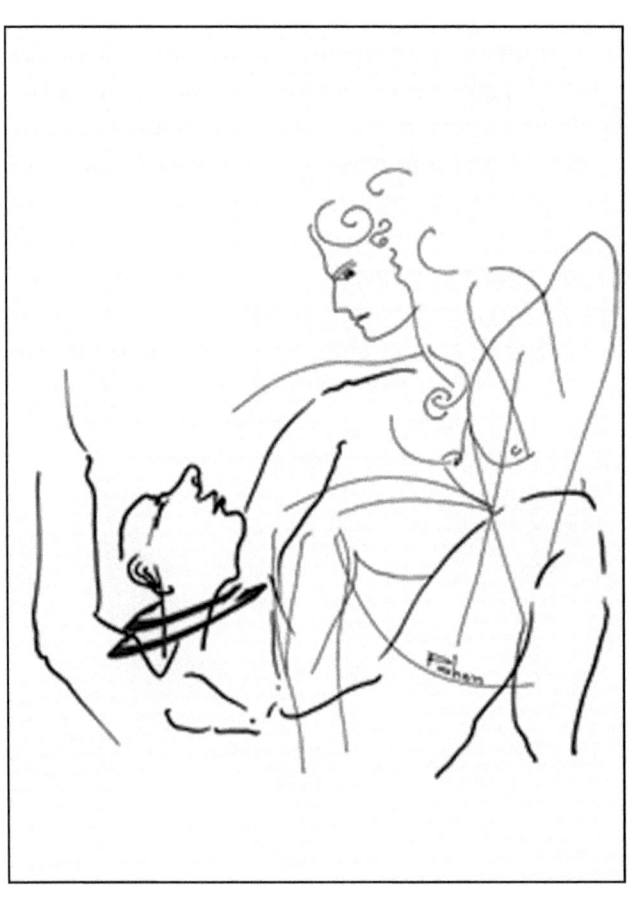

Capitale

Je te ferai perdre la tête... Tu ne sauras rien me refuser. Tu crieras, tu te débattras. Cela ne te servira de rien. Tu auras peur. De toute façon tu as toujours eu peur. Depuis le début, maintenant et toujours. Tu gémiras. Tu te débattras. Tu ne pourras pas m'échapper. Je te ferai tout oublier. Tu t'anéantiras. Tu me demanderas grâce. Ta paralysie j'en triompherai. Je t'en délivrerai. Délivrance que tu désires...

Aussi tu doutes de tout. Toujours. Et tu juges, tu condamnes. « Il ne t'est pas permis de... ». Professeur de morale. Prêcheur névrosé. C'est facile. En fait, tu ne veux pas prendre de risques. Précautionneux, trop d'égards à tout. Le plus grand risque est de ne pas en prendre.

Tu penses trop. Trop de tête en toi. Où ton corps ?

Lâche-toi, abandonne-toi. Ouvre tes mains. Laisse tomber ta garde.

Serpentine je suis pour les hommes, pour tout homme, pour toi. Et quand tu te tordras sous mes caresses, que tu expireras ton dernier râle, je te ferai sentir, jusqu'à l'ivresse, tout mon pouvoir. Tu adhèreras à n'être plus rien entre mes mains, contre ma bouche. Je caresserai les cheveux de ta

Capitale

tête perdue, coupée, boirai en ton centre le suc de ta mort heureuse. Putain contre puritain. Tu me remercieras.

– Je ne veux pas mourir...

– Mais jusqu'à présent, est-ce que tu *vis* ?

... Ta tête, Jean, on me l'apportera sur un plat.*

---

* *Matthieu, 14/3-9 : ... Hérode, qui avait fait arrêter Jean, l'avait lié et mis en prison, à cause d'Hérodias, femme de Philippe, son frère, parce que Jean lui disait : 'Il ne t'est pas permis de l'avoir pour femme.' Il voulait le faire mourir, mais il craignait la foule, parce qu'elle regardait Jean comme un prophète. Or, lorsqu'on célébra l'anniversaire de la naissance d'Hérode, la fille d'Hérodias dansa au milieu des convives, et plut à Hérode, de sorte qu'il promit avec serment de lui donner ce qu'elle demanderait. À l'instigation de sa mère, elle dit : 'Donne-moi ici, sur un plat, la tête de Jean-Baptiste.' Le roi fut attristé ; mais, à cause de ses serments et des convives, il commanda qu'on la lui donnât, et il envoya décapiter Jean dans la prison. Sa tête fut apportée sur un plat, et donnée à la jeune fille, qui la porta à sa mère...*

Chute

Lettre de M., élève, à son Professeur

Monsieur le Professeur,

j'ai longtemps hésité à vous écrire, moitié par cause de ma timidité naturelle, moitié par la paralysie où me jetait votre réputation. Je le fais cependant, car je voudrais que vous compreniez l'influence que vous avez exercée sur moi, et que mon exemple, peut-être, puisse servir de témoignage dont d'autres pourraient tirer leur profit pour l'avenir, si vous consentez du moins à y réfléchir et à le prendre en compte.

Dès que je suis entré dans votre classe, et au tout début de votre cours, je vous ai admiré. Je sentais que j'entrais là dans un terrain tout nouveau pour moi, celui de l'intelligence s'exerçant de façon totalement libre, sans aucun préjugé. Vite je me suis conformé à vos façons de penser, car leur originalité même me fascinait, tranchant avec le milieu dont je venais, et qui jusque là m'avait modelé.

On m'y avait appris des normes intangibles, un socle solide où l'on devait s'appuyer, des règles de vie qu'il était hors de question de contester. Dans cette ambiance je me sentais bien. C'était confortable. Là était le bien, et là le mal. Là le bon goût, là le mauvais. Là les lectures substantielles, et là les légères, voire les détestables.

Et voilà que vous avez tout subverti. Bienheureux vertige au début, ivresse délectable ! Je me fis un de vos plus ardents disciples. J'étais fier de tout ce que je recevais de vous.

Et pourtant, à la longue, et à l'occasion aussi de certains cours provocateurs et paradoxaux, je me suis senti ébranlé, vacillant. Peut-être faisiez-vous exprès de provoquer votre classe, et ne pensiez peut-être pas tout ce que vous disiez. Il y avait peut-être ou sans doute en vous de l'humour, de la distance. Mais à l'époque, vu mon jeune âge, je ne les ai pas sentis. Et c'est ainsi que l'ardent néophyte du début entra dans l'indécision et le doute, pour à la fin chuter de tout son haut.

Vous nous montriez que rien n'était respectable qui ne bénéficiait précisément de notre part d'une présomption de respectabilité, que donc c'était nous qui étions à l'origine de toutes nos admirations. Rien qui ne dût son aura à autre chose que nos propres projections. Alors tout le ciel et toutes ses étoiles pouvaient chavirer, puisqu'ils ne prenaient vie et n'existaient que dans notre propre regard et grâce à lui. Il n'y avait plus rien de fixe, d'existant à l'extérieur de soi, à quoi se raccrocher.

Chute

Vous n'imaginez pas combien cet écroulement, insidieux au début, fut grand et irrémédiable à la fin. Vous planiez indestructible au milieu des ruines, vous applaudissant (au moins est-ce ainsi que je l'ai ressenti) des destructions que vous faisiez en moi – et sans doute aussi en beaucoup d'autres de mes condisciples.

Car vous avez flétri toutes nos illusions. Certes nous étions petits et jeunes, mais quel droit aviez-vous à nous arracher à cette jeunesse ? Pourquoi aussi ce pessimisme que vous affichiez (je répète que c'est au moins ainsi que nous l'avons ressenti à l'époque) nous a-t-il ainsi pervertis ? Quel plaisir à retransformer nos carrosses en citrouilles ? On pleure parfois ses illusions avec autant de tristesse que les morts. Perdus dans la forêt des doutes, nous les avons semées comme un enfant abandonné ses petits cailloux, mais retrouverons-nous finalement notre chemin ?

Le scandale que vous avez causé, il a causé notre chute. Je pourrais vous en maudire, comme certains autres. Mais je me contenterai de vous en plaindre. Des hommes comme vous, sans doute *il est nécessaire qu'il y en ait, mais malheureux l'homme par qui la chute arrive !**

Certes vous avez éveillé notre intelligence, mais l'intelligence est-elle tout ?

Chute

Un Souffle nous portait que vous avez détruit. Certes il avait pour lui la simplicité. Mais il avait l'évidence, tandis que vous avez tout embrouillé en semant en nous l'indécision, et peut-être que ce blasphème-là *ne sera point pardonné*... **

Bien sûr, vous trouverez bien injuste et ingrate cette lettre. Peut-être y répondrez-vous, ou peut-être pas. Tout ce qui nous sépare maintenant, en tout cas, je vous remercie de m'avoir permis de le voir, et c'est à vous que je dois mon évolution d'aujourd'hui.

Pour cette raison, veuillez croire, Monsieur le Professeur, à toute ma reconnaissance.

M., votre ancien élève, année scolaire 19*-19*.

---

* *Matthieu, 18/6-7 : Quiconque entraîne la chute d'un seul de ces petits qui croient en moi, il est préférable pour lui qu'on lui attache au cou une grosse meule et qu'on le précipite dans l'abîme de la mer. Malheureux le monde qui cause tant de chutes ! Certes il est nécessaire qu'il y en ait, mais malheureux l'homme par qui la chute arrive !*

Chute

** Ibid. 12/31 : *Tout péché et tout blasphème sera pardonné aux hommes, mais le blasphème contre l'Esprit ne sera point pardonné.*

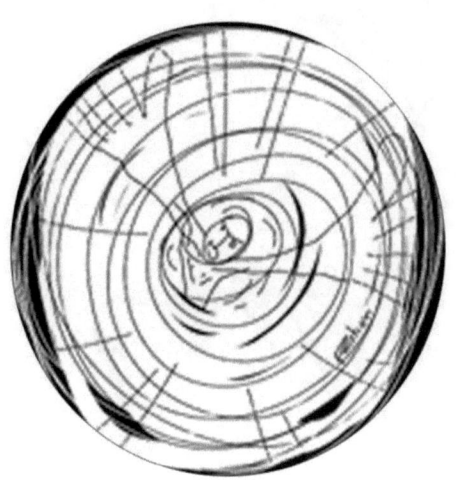

Comme c'est pas permis...

Tous ces visages, entrevus, de loin, de près peu importe, mais toujours fuis, pourquoi ? Parce qu'à les voir ils font mal. Beaux ils sont sans aucun doute, mais beaux comme c'est pas permis...

J'ai vu, je vois, j'imagine... un pur ovale entouré de cheveux blonds et soyeux, mi-longs ou longs... des yeux bleus ou verts, en tout cas clairs, rêveurs il semble... et doux... ne pouvant faire de mal sans doute, mais en faisant tant en me déchirant... Les brunes sont piquantes, certes, attirantes, enflammantes peut-être, mais elles n'ont pas cette douceur qui tue, sans rémission. Aucun désir physique en moi ne se lèvera de ce fin visage, pas plus qu'à regarder les visages féminins de Botticelli. Féminins dis-je, mais plutôt androgynes. Angéliques. C'est cela qui sidère, et fait mourir : on est bien au-delà du sexe. Le désir n'est jamais que le regret de l'étoile, de la sidérale rencontre. Astre désastre. Ici c'est bien l'âme qui est touchée, et non le corps.

Et surtout cette jeunesse... Elle surpasse tout. Bien sûr elle disparaîtra un jour. Le visage meurtrier se creusera de rides. Cela je le sais. Mais cela ne change rien. C'est maintenant que je meurs de le voir. Pourquoi ? Parce que lui perdu ou éloigné, je devrai survivre. Et je mènerai mon

Comme c'est pas permis...

deuil comme à l'habitude, ma décomposition. On ne se fait pas vieux, on se défait.

L'aile d'un Ange m'a effleuré, m'a blessé. J'en suis demeuré boiteux, comme Jacob. Anéanti, comme Sémélé. Dévoré, comme Actéon. Tous ils ont vu le dieu, et l'ont bien payé. – Pauvre professeur, voici que tu te consoles par ces souvenirs ! Mais non, bien plutôt tu les vis, et tu n'as qu'eux pour refuge, tes pauvres livres. Protège-toi des visages, n'arpente pas les rues de la ville le nez au vent, rase les murs. À tout instant tu peux rencontrer ta Méduse. Ferme les yeux, regarde ailleurs.

Si je lui parle, que dira-telle ? Peut-être rien qui vaille. Mais son visage, sa beauté parlent pour elle. Que disent-ils ?

– *Tu ne peux me voir et vivre...* *

Va donc où te portent tes pas. Je me contenterai de te *voir de dos***, t'éloignant petit à petit. Visage glorieux comme c'est pas permis, pars et laisse périr le passant soucieux...

---

* *Exode 33/18 : Moïse dit : 'Fais-moi voir ta gloire!' (...) 20-23 : Le Seigneur dit : 'Tu ne pourras pas voir ma face, car l'homme ne peut*

Comme c'est pas permis...

me voir et vivre.' Le Seigneur dit : 'Voici un lieu près de moi ; tu te tiendras sur le rocher. Quand ma gloire passera, je te mettrai dans un creux du rocher, et je te couvrirai de ma main jusqu'à ce que j'aie passé.

** *Et lorsque je retournerai ma main, tu me verras de dos, mais ma face ne pourra pas être vue.'*

D'où viennent les choses...

Moi – Souris-moi toujours. J'en ai besoin, de ton sourire, et que tu me regardes comme cela toujours. J'en tire confiance et raison de vivre.

Elle – Oui, mais cesse de mendier ainsi. Toi aussi regarde-moi comme maintenant. Aime-moi, désire-moi, et je sourirai. C'est ton regard qui m'embellit. Sans lui, je retombe au néant.

Lui – Ce que tu vois, c'est ce que tu crées. Comprends-le. Tu peux tuer quelqu'un par un seul de tes regards, une seule de tes paroles. Et aussi le sauver. Choses et êtres sont ce que tu en fais. N'attends pas la surprise de l'extérieur. Rien ne t'est dû, tout t'est confié. Ne gâche rien, c'est si facile, et si fréquent... Ce qui compte, ce n'est pas ce qui vient à toi, c'est *ce qui sort de toi**.

---

* *Marc 7/14 : Ensuite, ayant de nouveau appelé la foule à lui, il lui dit : 'Écoutez-moi tous, et comprenez. Il n'est hors de l'homme rien qui, entrant en lui, puisse le souiller ; mais ce qui sort de l'homme, c'est ce qui le souille. Si quelqu'un a des oreilles pour entendre, qu'il entende.'*

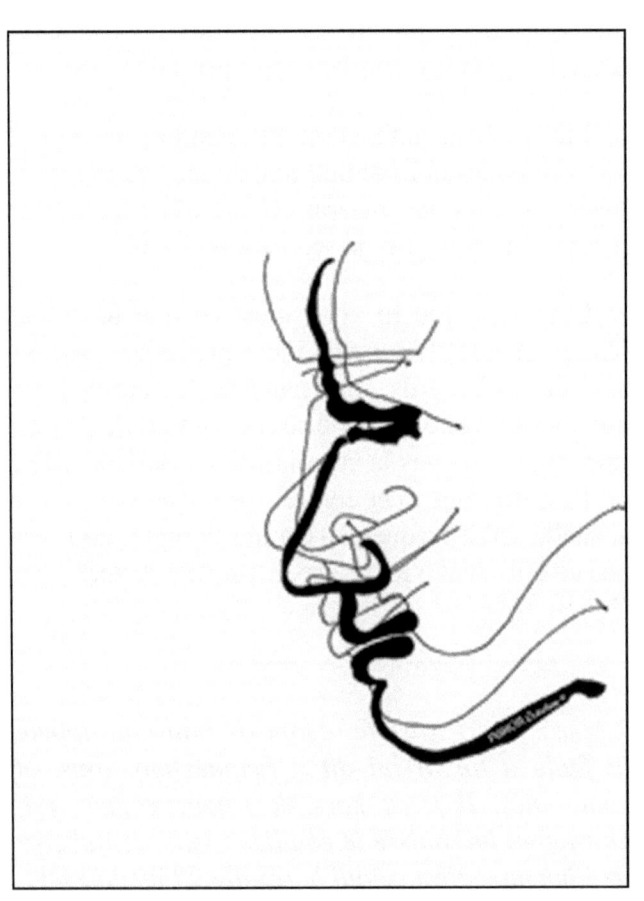

Découragement

Non, décidément, cela n'est pas juste. J'ai bien essayé pourtant, je me suis bien appliqué, j'ai tâché de mettre toutes les chances de mon côté, j'ai beaucoup travaillé, opiniâtrement creusé le sol de toutes les questions. Et j'étais plein de bonnes intentions, je respectais cette Institution dont je briguais un poste. Et voilà que lui, l'autre là, l'oisif, le paresseux, le nez-en-l'air, lui qui n'a rien fait de tel, qui même s'est contenté de venir après moi, de répéter mes démarches, de me copier, le voilà qui réussit ! De quel droit ? Et de quel passe-droit a-t-il bénéficié ? Sans doute c'était lui le chouchou, et la décision de le recruter était déjà prise, depuis toujours. À lui la belle vie, maintenant, et pour moi le mépris ! Je hais ce népotisme, cet arbitraire. Que fait-on du mérite des gens ?

Non, assurément, si tel est le sort réservé à ceux qui se donnent de la peine, je n'essaierai pas davantage. Cela n'a pas marché pour moi. Il n'y a aucune raison pour que cela marche à l'avenir. Ce que je voulais je ne l'ai pas eu. Aucune reconnaissance pour mon application et mes bons soins. Je me suis heurté à un mur d'ingratitude. Découragé, la glace me renvoie mon visage : normal qu'il s'assombrisse, puisque tombe tout mon élan.

Découragement

Tiens, voici la lettre de refus, de non-recevoir. Je l'ai reçue ce matin. Autant la mettre à la poubelle. – Voyons pourtant ce qu'elle dit, une dernière fois…

Si tu agis bien, ne te relèveras-tu pas ?*

---

* Genèse 4/2-7 : … Abel fut berger, et Caïn fut laboureur. Au bout de quelque temps, Caïn fit au Seigneur une offrande des fruits de la terre ; et Abel aussi en fit une des premiers-nés de son troupeau et de leur graisse. Le Seigneur porta un regard favorable sur Abel et sur son offrande ; mais il ne porta pas un regard favorable sur Caïn et sur son offrande. Caïn fut très irrité, et son visage fut abattu. Et le Seigneur dit à Caïn : 'Pourquoi es-tu irrité, et pourquoi ton visage est-il abattu ? Si tu agis bien, ne le relèveras-tu pas ? …'

Devant tout le monde...

« Si tu continues, je vais te corriger devant tout le monde... ». La petite fille baisse la tête, peut-être rouge de confusion, je ne vois pas bien sa figure. Mais j'imagine bien la suite. Si elle se tient tranquille, ce sera bien – jusqu'à la prochaine fois. Sinon... Le sadisme des mères est sans limite. Elle sera corrigée, effectivement, et pourquoi pas culotte baissée, « devant tout le monde ». Et la foule est grande, qui se presse autour, dans ce jardin public. L'humiliation sera à proportion.

Singulier, ce système d'éducation-dressage, qui voit le maximum d'efficacité dans la punition infligée en public. Devant le peuple comme on disait, *coram populo*. C'est lui finalement le juge, le Grand Décideur. À sa voix on se soumet, et cette voix est même celle de Dieu : *vox populi, vox Dei*. L'individu n'existe pas, s'il ne se soumet à elle. Je ne vis que grâce au consensus, à l'approbation générale. Et inversement, la réprobation, l'index du Peuple, me rejette au néant. Rien de plus fasciste ou fascisant que cela : on n'a jamais raison contre tout le monde. – Mais si justement, au contraire : on peut avoir raison tout seul, ou « devant tout le monde ». On ne tombe pas toujours en solitude, parfois on y monte. Et il est des cas où l'union fait la faiblesse...

Devant tout le monde

Ah ! Madame, vous avez bien dû intégrer tout cela, pour ainsi agir avec votre fille. On a dû vous apprendre à être conforme, à vous modeler selon le regard des autres. Surtout ne pas faire de vagues, rester dans la norme sociale. Sinon, de quoi est-ce qu'on aurait l'air ? De toute façon, c'est bien comme cela qu'on a toujours fait : alors... c'est bien tout court. Et tout naturellement vous élevez, ou plutôt vous abrutissez de la même façon votre progéniture.

Gageons que si, mariée, vous aviez un amant, le plus grave pour vous serait que cela se sache, que vous soyez exposée à l'opinion, aux regards, « devant tout le monde »... Vous ne savez pas que la plus grande volupté parfois est de passer pour un crétin aux yeux d'un imbécile. Un sage, Sacha Guitry je crois, a dit : « Si les gens qui disent du mal de moi savaient ce que je pense d'eux, ils en diraient bien davantage ». Mais tout cela sans doute vous échappe, et voici que vous me regardez avec méfiance, ou peut-être hostilité, ce en quoi d'ailleurs vous avez parfaitement raison. En fait, ce dont vous menacez votre enfant est ce que vous redoutez le plus pour vous-même. Et aussi évidemment vous vous l'imaginez, elle la chair de votre chair, à votre propre image. Mais que savez-vous d'elle, au fond ?

La voici qui s'est remise à jouer. Elle essaie de pénétrer dans le Château fort en plastique, maladroitement. Naturellement elle hésite, ne sait comment s'y prendre, tente tout de même de s'insinuer. Mais la voici à nouveau abasourdie des cris maternels.

– « Sors de là, tu vois bien que cette porte est trop étroite, va ailleurs, à l'autre, par exemple, fais comme les autres. »

Chère petite, prends cette porte, *entre par la porte étroite**. Alors tu répondras à ta génitrice, mais sans doute bien plus tard, que c'est le seul moyen de triompher de la dictature de la foule, d'avoir raison au regard de l'essentiel, et ainsi, en se moquant parfaitement de ce pour quoi on passe, de véritablement passer « devant tout le monde »...

---

* Matthieu 7/13 : Entrez par la porte étroite. Large, en effet, et spacieux est le chemin qui mène à la perdition, et il en est beaucoup qui s'y engagent ; mais étroite est la porte et resserré le chemin qui mène à la Vie, et il en est peu qui le trouvent.

Dieu lui-même...

Dehors brille un magnifique soleil.

Ils sont là, face à face, dans la pièce aux rideaux tirés, tête baissée. Pourquoi cela est-il arrivé ? Il ne demandait qu'à vivre, épanoui dans sa belle jeunesse. Leur regard se porte, sur la cheminée, sur la photo d'un beau jeune homme. Puis, au bout de la table, sur une chaise, la sienne. Désormais, il est bien mort. Le mot dans la bouche du gendarme, tout à l'heure, n'a fait que les assommer. Mais maintenant cette chaise vide dit tout.

Ils pleurent silencieusement, en se tenant la main. Qu'ont-ils fait pour mériter cela ? Ils l'avaient pourtant bien élevé. À qui la faute ? À cet automobiliste fou, peut-être imprégné d'alcool ? Au manque de visibilité qu'on a à ce carrefour, où déjà des accidents se sont produits ? Au destin ? À Dieu ? On n'en sait rien...

Justement un petit coup frappe à la porte. C'est le curé. Il vient les réconforter.

« Dieu lui-même... » Mais il voit le regard égaré du père, accablé de la mère. Il hésite, puis se reprend, consent à dire d'une voix basse : *« Lui qui n'a pas épargné son propre Fils, mais qui l'a*

Dieu lui-même...

livré pour nous tous, comment ne nous donnera-t-il pas aussi tout avec lui, par grâce ? »*

Il a juste le temps de finir. Car aussitôt le père se lève, se jette sur lui, lui crache au visage, et le chasse. Devant tant de brutalité, répondant à tant de barbarie, la mère n'a pas réagi. Elle est restée assise, elle regarde dans le vide. Mais enfin on l'entend murmurer : *« N'étends pas ta main sur le jeune homme et ne lui fais rien... »***

Dehors brille un magnifique soleil.

---

* *Romains 8/32 : Lui qui n'a pas épargné son propre Fils, mais qui l'a livré pour nous tous, comment ne nous donnera-t-il pas aussi tout avec lui, par grâce ?*

** *Genèse, 22/10-12 : Puis Abraham étendit la main et prit le couteau pour égorger son fils. Alors l'ange de l'Éternel l'appela du ciel et dit : 'Abraham ! Abraham !' Il répondit : 'Me voici !' L'ange dit : 'N'étends pas ta main sur le jeune homme et ne lui fais rien...'*

Doute et Présence

– Est-ce que c'est elle ? Elle tant attendue. Enfin venue… Est-ce qu'elle est là ? Est-ce qu'elle *est* (non un fantôme). Est-ce que j'en suis sûr ? Vraiment ? Je ne me trompe pas ? Je me suis si souvent trompé. J'ai si souvent erré, plongé, coulé. Ces visions successives, ces promenades ensemble illuminées, ces pensées en ses yeux lues, et la musique de ses paroles, est-ce qu'elles ne m'abusent pas ?

– Viens. Je suis celle que tu attends. Une Présence qui est là. Depuis toujours je suis, à tes côtés, en toi. Tu me reconnais. Face à toi et au fond de toi. Flamme qui brûle, cœur qui bat, graine qu'on sème. Qui que je sois, *je Suis**. De toute éternité sans doute. Sans *aucun* doute. Aussi ne doute pas. Je n'ai pas d'autre nom que ce verbe. Je suis… qui je suis. Ou comme je suis. Rien d'autre. Il n'y a pas à hésiter. Rien à ajouter. C'est bien simple et c'est tout. Et je t'assure que ce n'est pas rien… – Aussi suis-moi.

– Si tu *es*, ou si vraiment tu es là, ou si tu existes, soit que je te voie, soit que je te sentes, fais-moi venir à toi.

– *Viens !**

Doute et Présence

– Je le veux, je le voudrais, j'essaie, je ne suis plus sûr maintenant, il n'y a plus rien en moi qui me tienne, je me perds dans mes pensées, je vois trop de choses qui me font peur, je réfléchis et je fléchis. Je sombre et je me noie.

– Prends ma main, homme de peu de foi. Pourquoi as-tu douté ?*

---

* *Matthieu 14/24-30 : La barque, déjà au milieu de la mer, était battue par les flots; car le vent était contraire. À la quatrième veille de la nuit, Jésus alla vers eux, marchant sur la mer. Quand les disciples le virent marcher sur la mer, ils furent troublés, et dirent : 'C'est un fantôme !' Et, dans leur frayeur, ils poussèrent des cris. Jésus leur dit aussitôt : 'Rassurez-vous, je Suis, là présent ; n'ayez pas peur !' Pierre lui répondit : 'Seigneur, si tu Es, là présent, ordonne que j'aille vers toi sur les eaux.' Et il dit : 'Viens!' Pierre sortit de la barque, et marcha sur les eaux, pour aller vers Jésus. Mais, voyant que le vent était fort, il eut peur ; et, comme il commençait à enfoncer, il s'écria : 'Seigneur, sauve-moi !' Aussitôt Jésus étendit la main, le saisit, et lui dit : 'Homme de peu de foi, pourquoi as-tu douté ?' Et ils montèrent dans la barque, et le vent cessa.*

Genèse d'un fasciste

Vraiment cette ville est pourrie. Tous des larves. Pleine de fainéants, d'assistés, de prêts à mordre et d'enfants gâtés. De mon temps on n'aurait pas admis ça. Il faudrait un bon coup de balai, pour éliminer toute cette racaille. Et tu vas voir qu'encore il s'en trouvera pour fermer les yeux, pour pardonner…

Et celles-là, avec leurs si courtes jupes, leurs nombrils à l'air… De vrais appels au viol. Qu'il arrive… Ce sera bien fait…

Et ces gosses qui braillent, et ces jeunes qui bousculent… Où sont les parents ? À voir ce qu'on voit, on comprend ce qui se passe, ce qui va évidemment arriver. Ils ont bien raison, au fond, ceux qui veulent prendre des mesures... Vous allez voir bientôt… – Mais chut, je me comprends…

Je suis fatigué, je veux dormir. Me plonger dans le sommeil, lové au cœur de mon navire, chez moi, *cocooning*… Je m'y engloutirai, comme, au fond de l'eau, dévoré par un gros poisson… À quoi cela sert-il de se lever, de toute façon ? Vivement ce soir qu'on se couche…

Dormir, mourir… C'est pareil. Quand on voit ce qu'on voit… Autant s'étendre et tout oublier.

Genèse d'un fasciste

Chez moi, au moins, j'aurai ma tonnelle. De loin je verrai les hommes. De très loin. Comme des fourmis. C'est tout ce qu'ils méritent.

Je prendrai le frais, seul. Qui vit seul n'est pas en mauvaise compagnie. Le monde m'apportera ses petits dons, à moi tout seul. Les autres ne méritent rien de tel.

– En es-tu sûr ?

– Oui, absolument, j'en suis sûr, et si jamais je perds ce petit rien que j'ai, le monde est vraiment trop injuste. Au fond, c'est la mort que je préfère, non la vie, car qu'est-ce que cette vie qu'on ne peut mettre en ordre ? Un peu de morale, de discipline, que Diable... Quelle époque, quelle barbarie, quelle décadence ! – Seigneur, dans quel siècle m'avez-vous fait naître ? Ah, si j'étais vous... Et si j'étais vous... Je te les exterminerais bien tous. C'est tout ce qu'ils méritent. Ces étrangers, ces métèques, ces sauvages. Un bon nettoyage... Qu'est-ce qu'il attend, celui qui déblaiera tout ça ? Si ce n'était que de moi... Pas de quartier, pas de pitié. Vivement que ça arrive. Ça arrivera forcément, et alors si je peux aider... Ou au moins j'aurai prévenu, et je comprendrai.

Quand même, j'ai mal de voir ça, et ça me fait mal aussi au fond de moi, si j'y pense... Si c'est pas malheureux tout ça !

Genèse d'un fasciste

Mais je suis comme ça, de toute façon. Je n'aime pas les changements. Qu'est-ce que je peux faire alors ? Je penserai à moi, serai heureux pour moi, j'aurai mon petit plaisir, même bien petit, et sinon je mourrai. De toute façon la vie... Pour ce qu'on peut en attendre... Pas vrai ?

– Fais-tu bien de t'irriter ?*

Jonas 3/10 : Dieu vit que les Ninivites ... revenaient de leur mauvaise voie. Alors Dieu se repentit du mal qu'il avait résolu de leur faire, et il ne le fit pas.

Id. 4/1-11 : Cela déplut fort à Jonas, et il fut irrité. Il implora le Seigneur, et il dit : 'Ah! Seigneur, n'est-ce pas ce que je disais quand j'étais encore dans mon pays ? C'est ce que je voulais prévenir en fuyant... Car je savais que tu es un Dieu compatissant et miséricordieux, lent à la colère et riche en bonté, et qui te repens du mal. Maintenant, Seigneur, prends-moi donc la vie, car la mort m'est préférable à la vie.' Le Seigneur répondit : 'Fais-tu bien de t'irriter ?' Et Jonas sortit de la ville, et s'assit à l'orient de la ville. Là il se fit une cabane, et s'y tint à l'ombre, jusqu'à ce qu'il vît ce qui arriverait dans la ville. Le Seigneur-Dieu fit croître un ricin, qui s'éleva au-dessus de Jonas, pour donner de l'ombre sur sa tête et pour lui ôter son irritation. Jonas éprouva une grande joie à cause de ce ricin. Mais le lendemain, à l'aurore, Dieu fit venir un ver qui piqua le ricin, et le ricin sécha. Au lever du soleil, Dieu fit souffler un vent chaud d'orient, et le soleil frappa la tête de Jonas, au point qu'il tomba en défaillance. Il demanda la mort, et dit : 'La mort m'est préférable à la vie.' Dieu dit à Jonas : 'Fais-tu bien de t'irriter à cause du ricin ?' Il répondit : 'Je fais bien de m'irriter jusqu'à la mort.' Et le Seigneur dit : 'Tu as pitié du ricin qui ne t'a coûté aucune peine et que tu n'as pas fait croître, qui est né dans une nuit et qui a péri dans une nuit. Et moi, je n'aurais pas pitié de Ninive, la grande ville, dans laquelle se trouvent plus de cent vingt mille hommes qui ne savent pas distinguer leur droite de leur gauche, et des animaux en grand nombre !'

La Petite voix

J'écoute. L'essentiel, on va me le dire. Je m'attends à quoi ? Qu'on crie, qu'on clame. Qu'on fasse la grosse voix. C'est naturel. On fait proportion d'habitude entre l'importance du son et celle de ce qu'il dit.

On m'a toujours crié dessus. J'ai eu peur, et ensuite ai obéi. Évidemment, ils savaient le pouvoir qu'ils avaient, ceux qui ainsi criaient. Moi aussi, si j'ai des enfants un jour, je leur crierai dessus. – Mais en fait j'en ai déjà eu, et je ne sais maintenant si mes cris ont servi à quelque chose. Jupiter tonnant... En étais-je mieux suivi ?

Les disputes aussi m'ont marqué, et les claquements de porte... Théâtrale est la vie. Comme si elle devait pour exister toujours se découper sur fond de cris...

Le vent des tourments m'a déchiré, pour mon malheur, pas pour mon enseignement. Les séismes du cœur aussi. Je n'en suis pas sorti grandi. Et le feu des passions : est-ce qu'il m'a fait mûrir ? De tout cela aujourd'hui je ne sais plus rien... Tonnerre, étonnement, vie hors des gonds : cela ne m'impressionne plus guère. C'est peut-être si banal... Laissons les autres y croire. C'est leur affaire.

La Petite voix

Elle est là, ne dit rien, ou si peu. Elle est présente, mais ne pèse pas. On ne s'attend pas à la sentir vivre, si pauvre, si modeste, si réservée, si absente peut-être, mais si indubitablement là. Quelle surprise dans ce calme... Qui s'y arrêterait ?

Mais quelle force soudain s'y manifeste ! Se méfier de la petite voix. Du *murmure doux et léger*...* Tout le reste passera. Mais à elle rien ne résiste.

L'écouter yeux fermés, avec infiniment de respect. Se voiler devant elle, qui dévoile tout.

*Quand Élie l'entendit, il s'enveloppa le visage de son manteau...***

---

* et ** 1 Rois, 19/11 : Le Seigneur dit : 'Sors, et tiens-toi dans la montagne devant le Seigneur !' Et voici, le Seigneur passa. Et devant le Seigneur, il y eut un vent fort et violent qui déchirait les montagnes et brisait les rochers: le Seigneur n'était pas dans le vent. Et après le vent, ce fut un tremblement de terre: le Seigneur n'était pas dans le tremblement de terre. Et après le tremblement de terre, un feu : le Seigneur n'était pas dans le feu. Et après le feu, un murmure doux et

La Petite voix

léger. Quand Élie l'entendit, il s'enveloppa le visage de son manteau, il sortit et se tint à l'entrée de la caverne. Et voici, une voix lui fit entendre ces paroles : 'Que fais-tu ici, Élie ?'

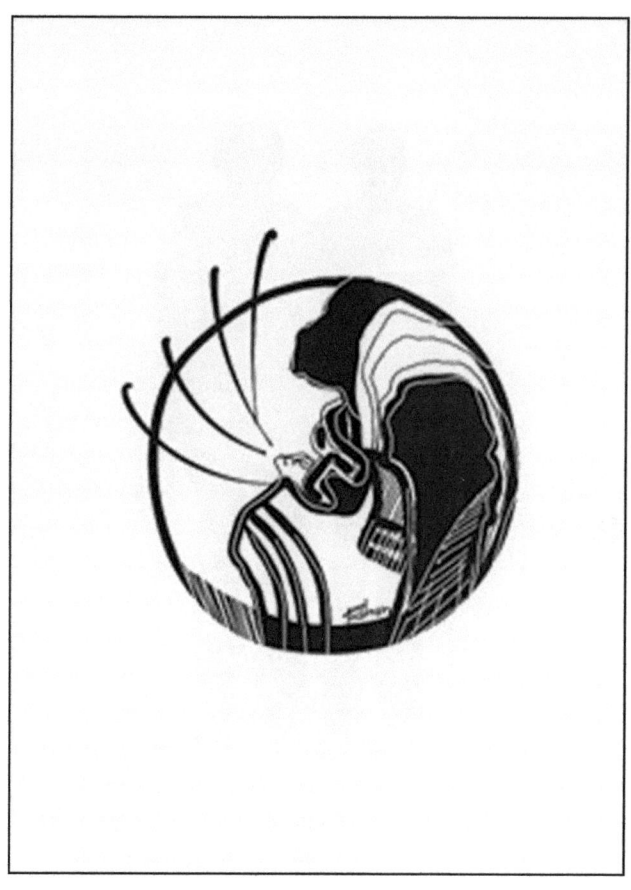

Le Misanthrope confondu

– Donc tu n'aimes pas les hommes, et pour toi c'est comme s'ils n'étaient pas. Véritablement tu ne les vois pas. N'est-ce pas vrai ?

– Si. Et je crois bien que j'ai raison…

– Le crois-tu vraiment ? Et d'abord qu'est-ce qui te déplaît en eux ?

– À peu près tout. Leur hypocrisie, leur lâcheté, leurs abandons, leurs reniements… Au fond, je pense à ce sage antique, qui non plus ne les aimait pas. Ce philosophe cynique… Ce…

– Diogène ?

– C'est ça. Il se promenait dans Athènes avec à la main, en plein jour, une lanterne allumée. Et sais-tu ce qu'il disait ?

– « Je cherche un homme ! »

– Exactement. Il voulait dire qu'il cherchait quelqu'un qui fût digne du nom d'homme. Et il n'en trouvait pas.

– Mais lui il regardait les autres, il les scrutait. Et toi tu ne les vois même pas. Vis-à-vis d'eux, littéralement tu es aveugle.

Le Misanthrope confondu

– C'est vrai. Mais comment faire autrement ?

– Peut-être pourrais-tu essayer de les voir, non tels que tu les imagines en les condamnant ainsi, mais tels qu'ils sont. Ne peux-tu faire un effort ?

– Soit, j'essaie…

– Et alors ?

– C'est encore bien flou. Mais maintenant c'est un peu différent. *J'aperçois les hommes, mais j'en vois comme des arbres, et qui marchent.**

– C'est normal. Tu ne peux tout voir clairement d'un coup. Tu dois t'habituer petit à petit. Progressivement. C'est une longue tâche, après s'en être éloigné, de revenir vers eux. Sois patient !

– Soit, c'est bien pour te faire plaisir…

– Songe qu'il y a dans l'homme autant à admirer qu'à mépriser. Tes contemporains te déçoivent, et cela je le comprends bien moi-même. Mais ce n'est pas une raison pour t'en séparer. Si j'étais un médecin, ou bien un romancier, je chercherais s'il n'y a pas quelque chose dans ton passé qui expliquerait ta désocialisation, le refus que tu fais de leur compagnie. Mais je m'en tiendrai là : foin d'inventions ! – Sois maintenant objectif. Ne peux-tu les voir autrement ? Regarde-les *fixement...** Est-ce pareil ?

– Pas tout à fait. Je les vois autrement. Il me semble maintenant que je vois *tout distinctement.**

– Et comment expliques-tu cela ?

– Je ne sais trop. C'est si brutal ! En tout cas il y a si longtemps que je n'ai parlé avec quiconque ! Tu m'as pris la main, et tous deux nous avons parlé : je te sais gré d'avoir ménagé ce tête-à-tête. Nous nous sommes éloignés des autres, et je suis heureux qu'aucun témoin ne nous ait entendus.

– On a si vite fait de parler de miracle ! Mais tu vois qu'à la différence de ce qu'on croit et dit, un changement, si complet soit-il, ne vient que petit à petit. C'est une question d'accoutumance...

– Me voilà bien embarrassé. Qu'est-ce qu'ils vont dire de mon nouvel état ?

– Surtout ne le chante pas sur les toits. Sois prudent. Reviens simplement chez toi. Reviens à toi, à ton toi profond. Tu as changé, c'est sûr, au fond de toi. Mais ne te vante pas de ce qui t'est

Le Misanthrope confondu

arrivé. C'est bien assez que cela se soit produit. Les plus grandes choses se suffisent à elles-mêmes, et on les détruit si on les claironne.

---

* Marc, 8/22-26 : Ils se rendirent à Bethsaïda ; et on amena vers Jésus un aveugle, qu'on le pria de toucher. Il prit l'aveugle par la main, et le conduisit hors du village ; puis il lui mit de la salive sur les yeux, lui imposa les mains, et lui demanda s'il voyait quelque chose. Il regarda, et dit : 'J'aperçois les hommes, mais j'en vois comme des arbres, et qui marchent.' Jésus lui mit de nouveau les mains sur les yeux ; et quand l'aveugle regarda fixement, il fut guéri, et vit tout distinctement. Alors Jésus le renvoya dans sa maison, en disant : 'N'entre pas au village.'

Les Massacres ordinaires

Il vient vers moi, me sourit de toutes ses dents. Il a quitté sa balançoire, a vu sûrement quelque chose, sur le banc où je suis assis. Peu importe. Ce sourire sanctifie l'automne, et le jardin public.

– Viens ici, laisse tranquille le monsieur…

La voix est aigre, criarde. Rompue la magie, brisé l'enchantement. Et à la parole se joint le geste. Sans ménagement, une main tire l'autre : la grande entraîne la petite, tout le bras est arraché. La brutalité est telle qu'il titube. Peut-on rudoyer les anges ?

– Reste-là, ne bouge pas, etc.

Je n'écoute plus, je pense à ce qu'on m'a dit à moi aussi. Ne parle pas à des inconnus, garde réserve et modestie, baisse les yeux, détourne le regard. Sois comme les grands. Si chacun se sourit sans se connaître, où ira-t-on ?

Oui, où ?

Sois normal…

Normal ? Ignorer son prochain, ne rien voir. La cécité est-elle normale ?

Les Massacres ordinaires

Sinon, de quoi est-ce qu'on aurait l'air ?

Mais de quoi avons-nous l'air ?

… Des pleurs soudain. Mais qu'as-tu donc à tomber ? Fais attention… Évidemment les pleurs redoublent…

– Regarde, tu t'es tout sali. Et j'aurai à te laver ce soir. Tiens, tu l'as bien mérité…

La gifle ne s'occupe pas de la souffrance de la chute. Et s'il s'était fait mal en tombant ?

Les adultes tuent les innocents. Ne pouvant trouver celui qu'ils cherchent, qui se dérobe, qu'ils ont perdu : eux-mêmes, avant ? De dépit ils *entrent en grande colère** : ils se vengent.

Mais de tout cela ils ne se doutent pas. Parents, éducateurs, professeurs, vous assassinez tout ce qui est à votre merci. Qui cherchiez-vous donc, avant ? Et qui mettez-vous à mort, faute de l'avoir trouvé ?

Laissez-moi rêver, ou cauchemarder. Aujourd'hui *j'ai entendu des cris, des pleurs et de grandes lamentations…**

Ce cauchemar est sans fin. Tous ces enfants, ce massacre des innocents... Peut-on en guérir ?

Les Massacres ordinaires

*Et je n'ai pas voulu être consolé, parce qu'ils ne sont plus.**

… Une feuille tombe sur mon livre. C'est bien l'automne. Déserte la vie, s'installe la mort. Le ciel déjà ne sourit plus.

Pas plus que l'enfant qui est venu vers moi.

---

* Matthieu, 2, 16 : Alors Hérode, voyant qu'il avait été joué par les mages, se mit dans une grande colère, et il envoya tuer tous les enfants de deux ans et au-dessous qui étaient à Bethléem et dans tout son territoire, selon la date dont il s'était soigneusement enquis auprès des mages. Alors s'accomplit ce qui avait été annoncé par Jérémie, le prophète : 'On a entendu des cris à Rama, des pleurs et de grandes lamentations : Rachel pleure ses enfants, et n'a pas voulu être consolée, parce qu'ils ne sont plus.'

Les Précautions inutiles

Voilà. J'ai tout bien préparé. D'abord, faire le point sur soi-même. Y voir clair. Me ménager du temps, enfin, pour moi. Jusqu'à présent je me suis trop prodigué, ne me suis pas assez appartenu. Tout mettre en ordre enfin, en moi.

Aussi un lieu, où me sentir bien. Ce serait amplement assez, pour respirer. À chaque jour suffirait sa peine. Et la vie gagnerait en ampleur, en étendue. Tout se multiplierait, et les dons que j'ai, je les mettrais en valeur. Il faut prévoir, ne pas se laisser surprendre. J'ai bien lu quelque part un texte sur les talents, qu'il faut faire fructifier. Il est donc écrit que…

… Mais qui vient là ? Qu'est-ce qu'il murmure ? Je m'approche. Qu'est ce qu'il dit ?

Sa tenue est négligée, en tout cas. Il ne pense pas loin, lui. Un litre de vin et un sandwich, tout son bonheur. Dieu me préserve de cet état-là…

À moi les lointains buts, les nobles objectifs. Je vais faire de grandes choses. Je rentre chez moi, quitte cette ville de pulsions brutes, ce laisser-aller. Je n'ai rien à voir avec ça.

… Ce qu'il est sale, ce qu'il sent mauvais…

Les Précautions inutiles

D'œuvre en œuvre, je progresserai, ferai une Œuvre, laisserai quelque chose, au moins me reposerai ayant produit. Puisque c'est dû. Il est écrit que... Mais encore il murmure. Quoi ? « Mais il est dit que... » C'est ça ? D'où vient ici ce que j'ai entendu, ou cru entendre ? Pourquoi est-ce qu'il m'oppose une autre parole ? Mais c'est le Diable cet homme-là...

Il veut m'opposer à moi-même, me diviser, m'embrouiller. Il n'y réussira pas.

... Toi de toute façon tu ne feras rien. Donc rien ne seras. Tu vois, je sais des choses, et toi pas. De tout cela je suis riche, tandis que tu es pauvre. Tu veux me tenter, sans profit. C'est classique comme scénario, mais nous ne sommes pas au désert. D'ailleurs ne changeons pas les rôles, n'inversons rien. Tu ne m'auras pas, ne me contrediras pas. Je me moque des voix cachées. Tiens, je me penche, tu vois, je n'ai pas peur. Voyons ce que tu grommelles...

– Insensé, cette nuit même on te redemande ta vie...*

---

* Luc 12/16 : Et il leur dit une parabole : « Il y avait un homme riche dont la terre avait bien rapporté. Et il se demandait : 'Que vais-je faire ?

car je n'ai pas où rassembler ma récolte.' Puis il se dit : 'Voici ce que je vais faire : je vais démolir mes greniers, j'en bâtirai de plus grands et j'y rassemblerai tout mon blé et mes biens. Et je me dirai à moi-même : Te voilà avec quantité de biens en réserve pour de longues années ; repose-toi, mange, bois, fais bombance.' Mais Dieu lui dit : 'Insensé, cette nuit même on te redemande ta vie, et ce que tu as préparé, qui donc l'aura ?' ».

Morts

Ils ne réfléchissent pas, ceux qui craignent de mourir. On meurt plusieurs fois dans la vie. L'être qu'on a aimé nous quitte, et c'est une vraie mort. Un téléphone qui ne sonne plus, les cris qu'on pousse dans une maison vide, la tête qu'on frappe contre les murs, ou bien au contraire les sanglots étouffés, le désir de ne plus voir personne, et dans tous les cas le sens profond de l'absence de sens, qui ne les a connus ! Ce qu'on a pensé devoir durer toujours s'est évanoui. Quelle trivialité dans l'habituel « Une de perdue, dix de retrouvées » ! En fait Monsieur de La Palice a raison : « Une de perdue, une de perdue » ! Tautologie vraie, et destructrice. C'est sans remède.

Et aussi quand le sentiment nous quitte. Alors on a le sentiment profond du néant. On ne peut pas aimer toujours. Que reste-t-il de la sidération initiale ? De miraculeusement visité au début, à la fin on se retrouve déserté. Tout passe, tout lasse, tout casse. C'est la rançon du temps. On l'a souvent dit : Chronos dévore ses propres enfants.

Et même si l'autre reste là. C'est le destin de bien des couples qui n'ont pas le courage de se séparer : l'un s'ennuie, et l'autre souffre. Et dans les deux cas toujours la mort, qui est disparition de l'essentiel.

Alors l'envie nous prend d'un sommeil sans rêves, où comme en un linceul on s'ensevelirait. Dormir, mourir, c'est pareil...

***

Je ne veux plus penser à rien. M'étourdir, m'anéantir puisqu'aussi bien j'ai connu le néant.

Mais pourquoi maintenant ce vieux souvenir, cette voix ? *Réveille-toi, réveille-toi, lève-toi, toi qui as bu, qui as vidé jusqu'au fond le calice de la coupe d'étourdissement !** Mais ce calice, je l'ai vidé jusqu'à la lie. Que m'importe d'y voir un châtiment d'un Dieu auquel je ne crois pas ! Et que me veut-on encore ? N'ai-je pas assez donné ?

***

Tu as tort. De toutes tes morts tu te relèveras. Fais donc confiance à la Vie, qui te prendra dans ses grandes mains. Saisis-en l'occasion. *Connais le temps : c'est déjà l'heure de se relever du sommeil.*** Ouvre tes volets. Sors de tes ténèbres, va vers la lumière : *La nuit est fort avancée, et le jour s'est approché.*** Certes je t'ai bien entendu, et compris. Tu es mort, soit, et aussi peut-être tu pourras mourir encore, et bien des fois. Mais même dans ta mécréance ne calomnie jamais la Vie. Fais donc encore une fois ta résurrection. Et ne fais pas taire cette Voix qui t'est revenue : *Réveille-toi, ô toi qui dors, et relève-toi d'entre les morts...* ***

---

* Isaïe 51/17 – Réveille-toi, réveille-toi, lève-toi, Jérusalem, qui as bu de la main du Seigneur la coupe de sa fureur, qui as bu, qui as vidé jusqu'au fond le calice de la coupe d'étourdissement !

** Romains 13/11-12 – Connaissant le temps, c'est déjà l'heure de nous réveiller du sommeil, car maintenant le salut est plus près de nous que lorsque nous avons cru, la nuit est fort avancée, et le jour s'est approché ; rejetons donc les œuvres des ténèbres, et revêtons les armes de la lumière.

*** Éphésiens 5/14 – Réveille-toi, ô toi qui dors, et relève-toi d'entre les morts, et le Christ luira sur toi.

Murs

Encore un. Et celui-là il est bien haut. Bientôt dans mon lotissement il n'y aura que des forteresses. Chaque villa se protège, remonte son mur de clôture. De la rue on ne voit plus rien. Plus possible d'adresser la parole, d'échanger. Cette vieille dame pourtant, je la voyais vaquer à son jardin, soigner ses fleurs, arroser. Il y avait entre elle et moi comme une connivence tacite, entretenue par l'habitude. Et ce vieux monsieur avec son chien, qui faisait fuir le facteur, et qui pour moi en annonçait la venue... Chien sonnette, chien signal. Aboiera-t-il encore, derrière un mur si haut ?

Mais qu'est-ce qui leur prend donc, à tous ? Jusqu'où ne monterai-je pas ? *Quo non ascendam ?* Se sont-ils donné le mot, que tous ils fassent de même ? Les maçons doivent se frotter les mains...

– Mais vous ne savez donc pas ? Il y a eu des cambriolages récemment. Dans ce quartier. Si calme pourtant, si résidentiel : qui l'aurait cru ? Mais dans quelle époque vivons-nous !

– Cher voisin, vous tremblez de peur. Aussi faites-vous élever votre mur. Bien sûr je vous comprends. Mais réfléchissez qu'aucun mur n'est infranchissable. Les précautions mêmes peuvent

Murs

se retourner contre vous. Allez, ne vous empêchez ainsi pas de dormir. Ayez davantage confiance : rien n'est mortel qui touche aux biens, de toute façon. Le voleur pourra tout emporter, sauf la lune à la fenêtre...

– Je suis sûr qu'ils reviendront. On n'est plus tranquille, maintenant. Tout est sens dessus dessous. Rentrez vite, la nuit va tomber. Décidément, quel drôle de temps, aujourd'hui !

– Ou quelle tempête, diriez-vous ? Mais il y en a eu bien d'autres, et elles se sont calmées. Et sans doute à être aussi agressif, y ajoutez-vous de la violence vous-même. *Nous périssons !**, pensez-vous. Mais qui croit périr, périt de toute façon. Par certitude. Ainsi vous barricadez-vous, vous-même autant que votre maison. Bien sûr, je n'ose vous dire de laisser votre porte ouverte. Et pourtant, qui sait si, tous changeant d'attitude, le résultat ne surprendrait pas ? Au fond, qui sait tout, et le tout des choses ?

---

* *Matthieu 9/23-26 : Il monta dans la barque, et ses disciples le suivirent. Et voici, il s'éleva sur la mer une si grande tempête que la barque était couverte par les flots. Et lui, il dormait. Les disciples s'étant approchés le réveillèrent, et dirent : 'Seigneur, sauve-nous, nous périssons !' Il leur* *dit : 'Pourquoi avez-vous peur, gens de peu de foi ?' Alors il se leva, menaça les vents et la mer, et il y eut un grand calme...*

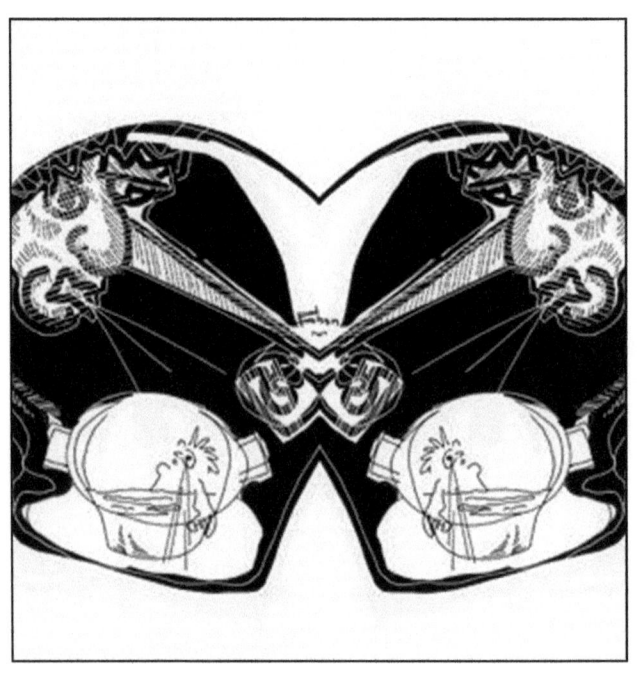

Nom de baptême

Fais ceci, ne fais pas cela… C'est ainsi qu'il faut faire, qu'on a toujours fait. Sinon, de quoi est-ce qu'on aurait l'air ? Tu ne peux pas changer le monde. Suis la voie commune. Tu n'es pas comme les autres…

Vie *commune* : vraiment… Vie toujours ensemble, et vie de tous. Le Mari relaie les Parents. On ne passe que d'un esclavage à un autre. Qui vive ? Âme morte… Assassinée.

– C'est pour ton bien. Nous savons mieux que toi ce que tu dois faire. Nous avons le droit de te l'imposer. Tous nos crimes sont des crimes d'amour.

Je ne suis plus que la chose des autres, je ne suis plus moi, plus rien, plus. À ne plus rêver, on meurt. L'homme descend du Songe, puis il vit au pays des Singes…

– Soigne-toi : fais-toi soigner. Tu n'es pas normale. Tu gâches tout. C'est bien fait pour toi.

Mets la table, agite-toi bien, ne reste pas à ne rien faire. Sois ce rien qui fait tout dans la maison. Essuie la poussière. Millions de pas dérisoires. On compte sur toi. Ne les déçois pas. Marthe, c'est là ton lot.

Nom de baptême

Tu pleures pourtant. Tes larmes te baptiseront (et pourquoi pas telle rencontre…). Cette eau te lavera. Tu portes tout, et n'es rien. Que la poussière que tu ôtes... Perds alors jusqu'à la poussière de ton nom. N'hésite pas. Enfin : sois celle qui regarde, qui écoute… Sois une autre, l'Autre que depuis toujours tu es. Elle t'appelle. Réponds-lui. Il est temps d'ouvrir yeux et oreilles.

Tu vois, c'est facile... Tu *vois*.

Tu entends ? Maintenant tu *entends*.

Tes antennes se sont déployées.

– *Lui répondant il dit : Marthe ce n'est pas là ce qui compte…* *

Tu prendras ton nouveau nom, le vrai, le tien : tu t'appelleras Marie.

---

* *Luc 10/38 : Comme Jésus était en chemin avec ses disciples, il entra dans un village, et une femme, nommée Marthe, le reçut dans sa maison. Elle avait une sœur, nommée Marie, qui, s'étant assise aux pieds du Seigneur, écoutait sa parole. Marthe, occupée à divers soins domestiques, survint et dit : 'Seigneur, cela ne te fait-il rien que ma sœur me laisse seule pour servir ? Dis-lui* *donc de m'aider.'* Le Seigneur lui répondit : *'Marthe, Marthe, tu t'inquiètes et tu t'agites pour beaucoup de choses. Une seule chose est nécessaire. Marie a choisi la bonne part, qui ne lui sera point ôtée.'*

On ne répond pas à son père…

Pas de réplique ! La main levée accompagne la voix tonitruante. « On ne répond pas à son père… »

Ce pouvoir est absolu, discrétionnaire. Le pourquoi, on ne le saura jamais. Cela est. C'est comme ça, et c'est tout. Cela est, point. Rien à ajouter. Pas de justification, simple tautologie. Je suis ton père, et *je suis qui je suis**.

Mais l'enfant ne comprend rien à tout cela. Papa, qu'est-ce qu'il y a, qu'est-ce que je t'ai fait ? Dis-moi, rends-moi compte. Au moins, si j'ai fauté, pardonne-moi, prends pitié…

Rien à dire. Je pardonne si je veux, j'ai pitié si je veux. C'est mon affaire, pas la tienne. *Je fais grâce à qui je fais grâce, j'ai pitié de qui j'ai pitié.*** Attention donc à ma colère, elle peut t'anéantir.

– L'enfant pleure, il ne comprend pas.

∎

Puis il grandit, l'ancien enfant a naturellement à son tour des enfants. C'est un rôle à jouer, se dit-il. Il faut bien qu'il y ait une autorité. Les sociétés ne fonctionnent que comme cela. Où va-t-

On ne répond pas à son père...

on si on discute ? Bien sûr, tout cela, il faut grandir, mûrir, pour l'apprendre. Aujourd'hui en tout cas je préfère une injustice à un désordre.

Alors recommence l'antienne. Tu m'embêtes. On ne répond pas à son père... De toute façon, c'est comme cela que j'ai été moi-même élevé, et mon père par mon grand-père. Est-ce que je m'en suis mal sorti ? Et puis j'ai mon pouvoir à préserver, je ne veux pas que tu me détrônes. Tu comprendras plus tard, quand ce sera ton tour. Tout père voit dans son fils son propre assassin (depuis Œdipe tout le monde le sait). Aussi depuis que tu es né tu as pris bien de la place ici, tu m'as beaucoup dérobé, beaucoup volé de ta mère : je ne l'ai pas supporté, et maintenant c'est toi ou moi, de toute façon. Pour l'instant le combat n'est pas égal, tu le vois bien.

Ne demande pas ma pitié : *Je fais grâce à qui je fais grâce, j'ai pitié de qui j'ai pitié.***

Et puis n'oublie pas que je peux te briser : tu n'es que terre entre mes mains. *Qui es-tu pour contester avec moi ? Que dira le vase d'argile à celui qui l'a formé ?****

– L'enfant pleure, encore...

■

On ne répond pas à son père...

On dit ensuite (les spécialistes, ceux qui savent) qu'il ne faut pas tout prendre au tragique, qu'il faut toujours contextualiser les paroles, qu'aussi la toute-puissance peut s'exercer dans tous les sens, que si la grâce est arbitraire, chacun peut en bénéficier, que ce qui n'est garanti à personne peut être donné à tous. Que *le soleil brille pour tous, méchants et bons***** n'est pas qu'ironique, ou absurde. Que chacun peut avoir sa chance, indépendamment de son mérite. Qu'on ne sait jamais, etc. Peut-être... C'est bien tourné en tout cas, bien subtil. – Mais l'enfant pleure toujours...

Aussi sachons lire dans le regard immédiat des enfants : incompréhension, imploration, certes, et très souvent. Mais un jour, peut-être, y viendra le mépris. Et à ce regard, si on ne répond pas à son père, que répondre ?

---

* *Exode 3/14 : Dieu dit à Moïse : 'Je suis qui je suis.'*

** *Exode 33/19 : Et il dit : 'Je fais grâce à qui je fais grâce et j'ai pitié de qui j'ai pitié.'*

*** *Romains 9/20 : Ô homme, toi plutôt, qui es-tu pour contester avec Dieu ? Le vase d'argile*

On ne répond pas à son père...

dira-t-il à celui qui l'a formé : 'Pourquoi m'as-tu fait ainsi ?'

**** Matthieu 5/45 : ... afin de devenir fils de votre Père qui est aux cieux, car il fait lever son soleil sur les méchants et sur les bons, et tomber la pluie sur les justes et sur les injustes.

Oui ou non

– Non, décidément non, je ne veux pas. On m'a tant proposé de choses nouvelles, et puis à la fin cela n'a pas marché. J'en ai assez maintenant. Si c'est pour recommencer un échec, merci bien. J'ai déjà donné. Ils me font rire, ceux qui craignent la mort, ce qu'il y a après. En vérité, on meurt tant de fois, dans cette vie ! Déceptions, blessures, éclats de voix, portent qui claquent. Ruptures aussi : un téléphone qui ne sonne pas... Combien de fois ? Et comment ne pas s'en souvenir ? À coup sûr ce qui a été sera, il n'y a aucune raison que cela change, et ceux qui disent le contraire sont des naïfs. Je vais donc rester chez moi et, comme dit l'autre, peiné peut-être mais peinard...

– Eh bien moi, j'y vais. Toute ma vie passée l'atteste : je suis l'homme des aventures, et quand on m'en propose une, je suis partant. C'est ma façon de voir à moi. Je hais ces âmes pusillanimes qui pour trop prévoir les suites des choses n'osent rien entreprendre. Croyez-moi sur parole : je n'en ai qu'une. Aussi me voici, et je réponds : Présent.

– Tout de même, est-ce que j'ai raison ? Bien sûr, je porte tout le poids de mon passé. Me voici humilié et honteux : sans doute fais-je honte aussi

Oui ou non

aux autres. Comme je me sens noir, sali par tous mes manques, mes hésitations, mes tergiversations ! À côté des autres si brillants, si pleins d'allant et d'assurance, assurément je n'ai pas d'allure. Mais est-ce définitif ? Si j'essayais une fois encore ? Cette voix négative qui toujours m'a accompagné, je pourrais la démentir. Ne serait-ce qu'une fois... Au moins j'aurai essayé, et si j'ai des remords après, au moins je n'ajouterai pas un regret de plus à tous ceux que j'ai accumulés. Enfin, pour cette fois, fût-ce peut-être la dernière, ce sera oui : allons-y...

– Tiens au fond, j'ai tellement prouvé par le passé, que je n'ai plus en cette occasion quelque chose d'autre à démontrer. Ma personne garantit mes actes, et donc, un de plus ou un de moins, quelle importance ? Qui s'en apercevra ? Laissons donc cette affaire. Je crois bien être respecté de tous, je sais ce que je vaux et crois ce qu'on m'en dit. Je n'ai pas besoin, moi, de ressusciter de morts que je n'ai pas connues. Ce soin, je le laisse ici à d'autres. J'abandonne donc sans regret cette nouvelle occasion, qui ne serait pas plus par rapport à tout ce que je suis qu'une infime goutte d'eau dans tout l'océan.

– *'Lequel des deux a fait la volonté du père ?'* *Ils répondirent :* *'Le premier.'**

Matthieu 21/28-31 : Que vous en semble ? Un homme avait deux fils ; et, s'adressant au premier, il dit : 'Mon enfant, va travailler aujourd'hui dans ma vigne.' Il répondit : 'Je ne veux pas.' Ensuite, il se repentit, et il alla. S'adressant à l'autre, il dit la même chose. Et ce fils répondit : 'Je veux bien, Seigneur.' Et il n'alla pas. 'Lequel des deux a fait la volonté du père ?' Ils répondirent : 'Le premier'. Et Jésus leur dit : 'Je vous le dis en vérité, les publicains et les prostituées vous devanceront dans le royaume de Dieu.'

Petite

Promenade en campagne, notre chemin habituel, par une belle après-midi, et au diable les clichés, je ne veux plus être savant… Côte à côte nous nous étions serrés, marchions du même pas, dans notre silence ordinaire rempli de pensées. Au loin, le clocher de L., où nous rentrons. Le thé tout à l'heure sera la récompense.

Un bruit de pas, de voix. Où ? Derrière nous, et nous dépassant maintenant, un groupe de trois figures reconnues de dos enfin féminines, à droite une grand'mère apparemment, à gauche une petite fille, et au milieu la mère, sûrement. De front, s'avançant sur le chemin, mais de posture singulièrement contrastée.

La petite gambade, tournoie, virevolte : jamais en place. La grand'mère, beaucoup d'allant quand même pour son âge (c'est ce que je pense évidemment d'une façon terriblement conformiste, mais peut-être aussi délibérée, et ce aussi que je te dis, moitié pour voir quelle si ta réaction sera semblable à la mienne, moitié pour te provoquer, espérant secrètement que tu ne seras pas de mon avis). Nous convenons en tout cas que dans son caleçon elle n'a pas la tenue traditionnelle des mères grand… Il est vrai que nous sommes hors du temps.

Petite

Ce qui me frappe maintenant, c'est l'allure de la mère. Pensive, réfléchie, yeux baissés, elle marche avec sérieux. Drapée dans son manteau, comme pour s'y protéger. Sans doute a-t-elle des soucis. Pense-t-elle à son mari, son compagnon, son travail, son budget, que sais-je ? Peut-être à la femme qu'elle a été, avant de devenir une mère, et pour son mari ou quiconque d'autre la mère de ses enfants. Et si elle menait, comme à l'habitude, son deuil ? De jeune fille à femme mariée ou accompagnée, alourdie de progéniture, elle a changé de sphère. C'est le lot commun. Certaines s'en accommodent fort bien sans doute. D'autres, jamais.

Les trois silhouettes hiérarchisées, le groupe triangulaire, s'éloigne. Les trois âges de la femme, dans le tableau de Klimt. Ou la danse de la vie, de Munch, dont je te montrerai les reproductions quand nous serons rentrés. Au milieu, la femme, à gauche, la fillette, à droite, la grand'mère. Ou l'inverse, je ne sais plus, chez Klimt. Et chez Munch, le couple enlacé danse au milieu, avec à gauche la jeune fille qui attend, fait tapisserie, et à droite l'abandonnée, la délaissée, toute sombre. On attend et espère, connaît enlacement et ivresse, et enfin regrette. On chavire provisoirement entre deux soupirs, d'espérance et de nostalgie. Je te montrerai tout ça tout à l'heure, et on vérifiera ensemble.

Petite

Mais la petite fille continue ses bonds, harcèle Mamie qui se laisse faire, Maman qui reste sourde. L'entendra-t-elle ? J'aimerais bien. Elle se retrouverait petite, quand tout était possible, quand tout s'ouvrait. Sa fille, c'est son salut. Comme elle l'est peut-être pour sa grand'mère, que décidément nous avons bien calomniée.

Et moi aussi je te voudrais petite, toi qui as tant souffert. Glorieuse, et non soucieuse. On ne tombe pas en enfance, on y monte. Retrouve la donc, cette enfant que tu as été, et dont quelque fois tu me parles, mais pas assez. La parenthèse de ce qui a suivi se refermera, à jamais. *Nul, s'il ne devient enfant ne pénètrera dans le royaume des cieux.**

*(10 mars 2002,
pour l'anniversaire de J.)*

---

* *Matthieu 19/14 : Et Jésus dit : 'Laissez les petits enfants, et ne les empêchez pas de venir à moi ; car le royaume des cieux est pour ceux qui leur ressemblent.'*

Proies pour la hache

Quel massacre ! Tous ces petits sapins jetés à bas, pour orner les salons pour les fêtes ! En tas, proposés à la convoitise, à l'entrée du supermarché. Les clients passent devant, emplissant caddies et magasins. Empliront-ils les églises à Noël, c'est une autre question…

Impitoyablement coupés, tombés sous la hache, les voilà proposés, à tant l'exemplaire. Orphelins de la forêt. Pathétique amas végétal, dérisoirement étiqueté.

… Attendez que je calcule… Avec la décoration, cela fera tant… C'est bien ce qu'il y avait dans le prospectus. Même ils sont en promotion. À moi ristournes, économies : comme ça je pourrai gaspiller davantage…

Les lumières, la musique, le déluge des victuailles, que désirer de plus ? Qui a dit que Noël était la fête de la pauvreté ?

… Quel gâchis pourtant. Mais ils ne le voient pas. Heureux certes, ils le sont bien. Du bétail qui veut s'empiffrer. Je les hais. L'enfer moderne est là, dans les grandes surfaces. Laissez toute espérance, vous qui entrez…

Proies pour la hache

… Mais nous voulons consommer. Nous sommes des hommes modernes. Qui a dit que tout était consommé ?

Au-delà de notre vie (notre vie !), nous ne voyons rien. Pas de lendemain. Toutes richesses immédiatement disponibles dans la ruée de la fièvre acheteuse.

Le petit sapin, arraché à sa forêt, tombé sous la hache… Et alors, il faut bien faire marcher le commerce…

… Je vous hais. La hache n'est pas que pour lui. Que savez-vous de l'homme, hommes petits et contents ? Vous faites des cadeaux à vos rejetons, à ceux que vous avez mis bas. Mais vous vous êtes mis bien bas. Et bientôt vous serez mis à bas. Vous ne plaignez pas le petit sapin. Voyez donc ici votre propre image. *Déjà la cognée est mise à la racine des arbres…**

---

* *Matthieu 3/7 : Mais, voyant venir à son baptême beaucoup de pharisiens et de sadducéens, il leur dit : 'Races de vipères, qui vous a appris à fuir la colère à venir ? Produisez donc du fruit digne de la repentance, et ne prétendez pas dire en vous-mêmes : Nous avons Abraham pour* *père ! Car je vous déclare que de ces pierres-ci Dieu peut susciter des enfants à Abraham. Déjà la cognée est mise à la racine des arbres : tout arbre donc qui ne produit pas de bons fruits sera coupé et jeté au feu.'*

Pudeur

Tout est calme dans la chambre. Un grand silence blanc. Seul s'entend le bruit régulier du respirateur. Il s'approche du lit, l'aperçoit. Des tuyaux partout, une perfusion s'égoutte régulièrement. Dehors le plein soleil. Personne dans les couloirs, sauf peut-être le pas occasionnel d'une infirmière. C'est dimanche.

Sa figure est changée, sans doute depuis la trachéo, qui lui fit perdre sa voix normale. Devant lui, il pense au passé. De lui il attendait beaucoup, ce guidage qu'il ne lui a pas donné. Il était si faible, proie de cet alcool qui l'a mené là !

Il lui en a voulu, et encore aujourd'hui un être en lui ne lui a pas pardonné. Inadmissible qu'il en provienne lui, il est si différent ! Il se souvient des scènes passées : railleries, moqueries, insultes, tout en lui a débordé contre lui. Longtemps... Il a voulu tout arracher, dévoiler l'imposture...

Il s'approche, la respiration existe, mais si ténue, si fragile. Son bras est bleui par les piqûres, le cathéter. Maintenant il ne peut plus lui faire de mal. Quelque chose de nouveau, balayant l'hostilité, quelque chose comme de la compassion, s'insinue en lui. Il le regarde avidement, mais sans doute pas comme avant.

Pudeur

Il remue, dévoile une jambe blanche, très maigre, à travers laquelle se voit l'os. Plus haut, le drap glissant de plus en plus, la vision devient impudique. Alors ses démons antérieurs tombent. Il n'est plus le même. D'un geste instinctif il ramène le drap, détourne les yeux. Et voici qu'enfin le vrai Fils vient en lui, celui qui, yeux fermés et enfin ouverts, va s'ouvrir au pardon.

Comme son visage était détourné, il ne vit point la nudité de son père... *

---

* *Genèse 9/20-23 : Noé commença à cultiver la terre, et planta de la vigne. Il but du vin, s'enivra, et se découvrit au milieu de sa tente. Cham, père de Canaan, vit la nudité de son père, et il le rapporta dehors à ses deux frères. Alors Sem et Japhet prirent le manteau, le mirent sur leurs épaules, marchèrent à reculons, et couvrirent la nudité de leur père ; comme leur visage était détourné, ils ne virent point la nudité de leur père.*

Résurrection

Son père était mort, depuis longtemps. Ou bien simplement il était mort pour lui, qui sait… Il tenait à sa mère, et aussi elle le tenait, le détenait. Sous ses prévenances elle l'étouffait, l'empêchait de vivre. D'elle il tenait aussi sa paralysie, et dans son âme et jusque dans son corps souffrant aussi, à mesure qu'il avançait en âge…

Toute nouveauté, toute rencontre effrayait, comme tout ce qui dérange. Il ne pouvait sans doute en être autrement.

Sur ses épaules il portait le poids du monde. Le fardeau des peurs nouait son cou, et à petit feu il mourait, Atlas arthrosique et craintif.

Le grand feu, il avait cessé de l'espérer, abandonné des autres, en qui il ne croyait plus. Y avait-il jamais cru ?

Il avait l'impression d'être très vieux, d'avoir tout connu, d'être mort, même en vie, sans plus d'envie.

… Le lit l'accueille. Draps frais et doux. Étendu, des mains le massent, doucement, le palpent, le tâtent. Un corps sur lui s'allonge, il sent le contact de deux jambes nouées à ses reins. Il a chaud, il est bien, s'abandonne. Il gémit heureusement,

Résurrection

s'arrache à ce mort qu'il se sentait, au froid qui glaçait ses membres. Des paroles résonnent à son oreille, comme une prière. Et le passé radieux revient vers lui, comme une absolution. Il voit maintenant l'enfant qu'il était, qui l'attend. À ce temps d'autrefois il s'enfuit, se sauve. Et ainsi il est sauvé. Il renaît.

... et l'âme de l'enfant revint au-dedans de lui, et il fut rendu à la vie.*

---

* *1 Rois, 17/17-24 : Après ces choses, le fils de la femme, maîtresse de la maison, devint malade, et sa maladie fut si violente qu'il ne resta plus en lui de respiration. Cette femme dit alors à Élie : 'Qu'y a-t-il entre moi et toi, homme de Dieu ? Es-tu venu chez moi pour rappeler le souvenir de mon iniquité, et pour faire mourir mon fils ?' Il lui répondit : 'Donne-moi ton fils.' Et il le prit du sein de la femme, le monta dans la chambre haute où il demeurait, et le coucha sur son lit. Puis il invoqua le Seigneur, et dit : 'Seigneur, mon Dieu, est-ce que tu affligerais, au point de faire mourir son fils, même cette veuve chez qui j'ai été reçu comme un hôte ?' Et il s'étendit trois fois sur l'enfant, invoqua le Seigneur, et dit : 'Seigneur, mon Dieu, je t'en prie, que l'âme de cet enfant revienne au dedans de lui !' Le Seigneur écouta*

Résurrection

la voix d'Élie, et l'âme de l'enfant revint au dedans de lui, et il fut rendu à la vie. Élie prit l'enfant, le descendit de la chambre haute dans la maison, et le donna à sa mère. Et Élie dit : 'Vois, ton fils est vivant.' Et la femme dit à Élie : 'Je reconnais maintenant que tu es un homme de Dieu, et que la parole du Seigneur dans ta bouche est vérité.'

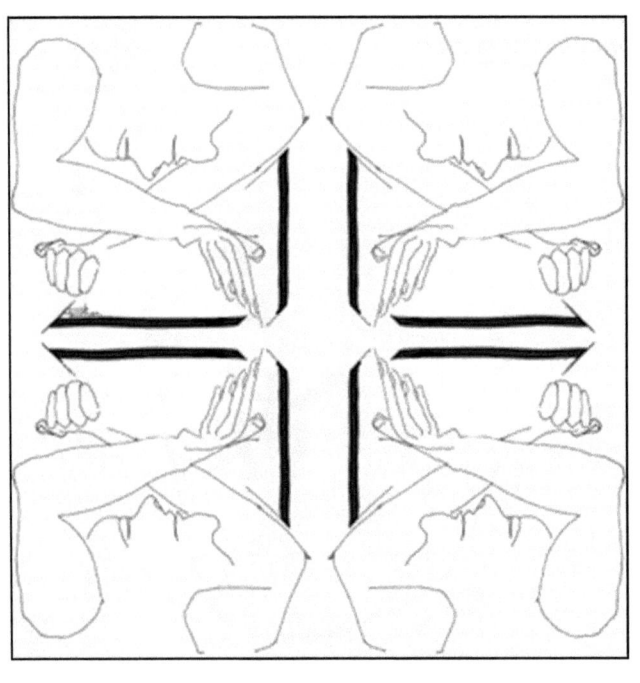

Rêve

Pas un arbre à l'horizon, partout du sable, à perte de vue. Simplement un vent qui me pousse. Où, je ne le sais pas. Combien de temps serai-je seul, je ne le sais pas non plus. J'avance tout de même, mais je ne progresse pas. Fâcheuse impression de marche immobile. Je fais du surplace... M'en sortirai-je ?

Seul ? Non, autour de moi des bruits inquiétants. Ce n'est pas que le vent. Je prête l'oreille. Des gémissements, des cris, mais pas humains, qui s'amplifient progressivement. Quelque chose, quelque être, quelque bête, rôde autour de moi, *comme un lion rugissant, cherchant qui dévorer**. Je transpire, me tourne et retourne. Où est-il ? Mais il me suit, s'attache à moi. Assurément c'est mon ennemi, mon *Adversaire**. Je m'en souviens maintenant.

Les voilà qui sont plusieurs. Troupeau de félins, charognards, carnassiers, qui me font cortège. Je m'en souviens aussi : *Il était avec les bêtes sauvages***. Mais c'est de moi qu'il est question ici. C'est avec elles que je suis... Et qui vais-je invoquer pour leur échapper ? Pour m'aider à me battre ?

Je me débats contre des fantômes. Bref éclair. Ce ne sont que mes draps, tout mouillés de ma sueur, qui m'enveloppent et me paralysent. Mais aussitôt je replonge. Cherche une aide, quelque part. Mirage ? Non, voici des êtres lumineux qui viennent du fond de l'horizon. Comme des bons terre-neuve, venus pour m'assister. Oui, c'est ça : des anges. Nouvel éclair, nouveau souvenir : *Et les anges le servaient...* **

Que me disent-ils, ces messagers ? Qui sont ces bêtes sauvages, avec qui je suis ?

***

– Rassure-toi. Ce sont tes monstres intérieurs, et tu n'as aucune raison de te battre contre eux, et d'en avoir peur...

– Mais pourquoi, dites-le moi...

– Parce que, souviens-toi de ce qui tu as dit, tu es *avec* eux... Prends-les donc avec toi, en toi, au fond de toi, et comme nous ils t'aideront. Ils deviendront comme toi : humains. Mais si tu en as peur, c'est toi qui deviendras comme eux : un animal...

– Mais ce lion qui me suit ?

– Prends-le en toi, ingère-le, fais le tien. Pour autant il est une partie de toi. Il doit s'humaniser. *Et le lion deviendra homme...* ***

Rêve

– Et si je continue d'en avoir peur ?

– Alors c'est lui qui te mangera, tu t'animaliseras, et en ta personne il s'incarnera en homme. *Et le lion deviendra homme...* ***

***

Subitement je me réveille. Disparus le désert, les animaux sauvages, le lion, les anges. Mais me reste leur leçon. Je ne dois pas avoir peur de ce qui est en moi, car ce qui nous fait peur ne demande qu'à être reconnu pour cesser de le faire.

Calme est ma chambre maintenant. Mais de cette aventure je ne sors plus seul. Un rêve, même cauchemardesque, dit toujours quelque chose. Du désert je tirerai donc un viatique pour ma journée, et pour ma vie. Merci au Vent, à l'Esprit qui m'y a poussé !

---

* *1 Pierre 5/8 : Soyez sobres, veillez. Votre Adversaire, le Diable, rôde comme un lion rugissant, cherchant qui dévorer.*

** *Marc 1/12-13 : Aussitôt, l'Esprit poussa Jésus dans le désert, où il passa quarante jours, tenté par Satan. Il était avec les bêtes sauvages, et les anges le servaient.*

Rêve

*** *Évangile selon Thomas, logion 7 : Jésus a dit : 'Heureux est le lion que l'homme mangera, et le lion deviendra homme ; et souillé est l'homme que le lion mangera, et le lion deviendra homme.'*

Royaumes

Moi – J'ai toujours pensé que ce que je vois est insuffisant, eu égard à l'essentiel, qui derrière se cache. Les oliviers de mon enfance, tordus sous le soleil d'hiver, dans le grand vent du nord qui me portait, me transportait, lorsqu'à vélo je revenais du collège. Encore ils sont là présents, m'accompagnent : l'éternité s'installe en moi. C'est bien qu'ils voulaient me dire quelque chose, de plus important qu'eux. Criblés de lumière, ils me parlaient sans doute. En tout cas je n'ai plus besoin de les voir maintenant, ils sont là. Point de vue ! Je ferme les yeux, je voyage. Fermez les paupières, le train va partir…

Lui – Je t'envie. J'aurais pu les voir, si j'avais habité un pays tel que le tien, mais je ne l'ai pas pu.

Moi – Et ils sont mon viatique maintenant. Rien qu'à penser à eux je souhaite que ma tête en soit emplie au moment de tout finir, et que j'emporte, avec moi, cette vision imaginaire. Cela désormais me suffit. Ce fut si beau, je le crois, que cela excède les yeux. Je le vois bien maintenant : l'essentiel est au fond de moi. À proclamer aux autres aussi : *Le Royaume est à l'intérieur de vous.**

Lui – Mais à moi on a dit qu'il fallait l'attendre, espérer sa venue, son Avent, et qu'un jour peut-être (et il fallait comprendre ici sans nul doute après la mort), on verrait tout, cet Essentiel dont tu me parles. *Confusément, comme à travers un miroir, nous voyons toutes choses. Mais alors nous verrons tout face à face.***

Moi – On a eu tort de t'élever dans cette croyance. C'est le meilleur moyen de passer à côté de sa vie.

Lui – Sans doute as-tu raison. En fait il faut d'abord dans la vie avoir vu, pour ensuite fermer les yeux, et tout revoir, dans la lumière d'éternité que tu dis. Mais moi, on m'a forcé de fermer les yeux, moi qui voulais tout voir, passionnément, formes, lumières, couleurs.

Moi – Tu étais artiste…

Lui – Et mon éducation a été très puritaine. Rigorisme protestant, et vocations entravées… Mais l'enfant que j'étais ne s'en rendait pas compte. Il souffrait seulement. On lui bouchait les yeux. Résultat : un beau corps, une belle étoffe, simplement une fleur, tout cela était frappé d'inanité. Il n'y avait plus de formes, simplement un ciel à attendre ou à espérer. Mais ton ciel bleu lavé de mistral, je ne l'ai jamais vu celui-là, et pas seulement parce que je n'habitais pas le midi. Au fond, ai-je vraiment touché la vie ?

Moi – Je ne sais pas, et on peut toujours se rattraper. Mais à trop répéter à un enfant que *le Royaume n'est pas de ce monde****, pour lui boucher les yeux à la chair des choses, c'est dangereux et mutilant. Et à trop seriner aux ouailles qu'il faut attendre, on oublie la parole d'un grand Maître, dont ses disciples se sont éloignés : *Ce que vous attendez est venu mais vous ne le connaissez pas. – Le Royaume s'étend sur la terre et les hommes ne le voient pas.*****

Lui – Mais crois-tu qu'à scruter le Livre, comme nous depuis toujours le faisons, on pourrait y trouver aussi ce que tu dis ?

Moi – Il n'est jamais trop tard, et ce Livre que nous scrutons, dans les marges duquel nous écrivons, a aussi d'autres marges, dans lesquelles d'autres ont écrit, et qui ne sont pas du tout méprisables. Il n'est pas si simple qu'on le croit. Et en général n'oublie pas que les livres sont comme les désirs et les trains : chacun peut en cacher un autre…

---

* *Luc 17/21 : Le Royaume est à l'intérieur de vous.*

Royaumes

** *1 Corinthiens 13/12 : Confusément, comme à travers un miroir, nous voyons toutes choses. Mais alors nous verrons tout face à face.*

*** *Jean 18/36 : Mon Royaume n'est pas de ce monde.*

**** *Évangile selon Thomas : Ce que vous attendez est venu mais vous ne le connaissez pas. (logion 51) – Le Royaume s'étend sur la terre et les hommes ne le voient pas. (logion 113)*

Souffles

Translation des roseaux à notre gauche à mesure que nous marchons. Chateaubriand me précède il me semble : leurs *champs de quenouilles et de glaives*... J'écris un texte déjà écrit. Dans la vie et sur la page.

Mais chut tout à coup... Écoute, dis-tu, ferme tes yeux.

Bruit sourd et constant. Le vent siffle aux oreilles, accompagné des cris des oiseaux. Et plus l'attention se fait profonde, plus profond se fait le vent. C'est comme une grande houle, la mer dans les arbres, déjà entendue à Font-Romeu, ou bien le coquillage qu'on plaque sur sa joue et qu'on écoute, enfant. Régression infinie de la mémoire. Désancrage des souvenirs et de l'être le plus profond.

Eau lustrale, eau matricielle, environnante et investissante, du Vent... Ainsi baptisé, reposé, né de nouveau, je reprends souffle.

Je ne vois rien, et pourtant... Yeux ouverts, le paysage éclairé est familier, avenant, proche. Mais aussi il est découpé et restreint, car la vue latéralise. Fermés les yeux au contraire, l'obscurité s'habite d'une présence qui descend, étrange et aussi proche, mais d'une autre façon :

réconciliation avec le plus lointain, le plus ancien. Les oliviers par exemple tordus par le vent du nord de mon enfance, quand au retour de mon collège, sous un ciel d'hiver magnifiquement bleu, je luttais contre la côte à franchir à vélo. Là j'ai eu peut-être l'essentiel. Si je ne le vois pas, maintenant je le revois. Le voyage va commencer, le pèlerinage. – Je suis né du vent bleu...

Aussi ce jour-là, ou cette nuit, ce même soir, où alanguie après l'amour, tu as respiré contre mon épaule. Le souffle contre mon oreille, ce fut le même vent entendu sur le chemin. Les yeux aussi étaient fermés, mais l'immémorial était perçu. Cela venait de très loin. La nuit respirait comme un flanc de femme...– Il faut aimer la nuit des yeux. Y écouter respirer Dieu. Vent, mémoire, lèvres entrouvertes, tout est souffle.

– Le vent souffle où il veut, et tu en entends le bruit ; mais tu ne sais d'où il vient, ni où il va. Il en est ainsi de tout homme qui est né du Souffle...*

---

* *Jean, 2/1-8 : Mais il y eut un homme d'entre les pharisiens, nommé Nicodème, un chef des Juifs, qui vint, lui, auprès de Jésus, de nuit, et lui dit : 'Rabbi, nous savons que tu es un docteur venu de Dieu ; car personne ne peut faire ces miracles* *que tu fais, si Dieu n'est avec lui.' Jésus lui répondit : 'En vérité, en vérité, je te le dis, si un homme ne naît de nouveau, il ne peut voir le royaume de Dieu.' Nicodème lui dit : 'Comment un homme peut-il naître quand il est vieux ? Peut-il rentrer dans le sein de sa mère et naître ?' Jésus répondit : 'En vérité, en vérité, je te le dis, si un homme ne naît d'eau et du Souffle, il ne peut entrer dans le royaume de Dieu. Ce qui est né de la chair est chair, et ce qui est né du Souffle est souffle. Ne t'étonne pas que je t'aie dit : Il faut que vous naissiez de nouveau. Le vent souffle où il veut, et tu en entends le bruit ; mais tu ne sais d'où il vient, ni où il va. Il en est ainsi de tout homme qui est né du Souffle.'*

Talent

« Billets, s'il vous plaît ! » J'obtempère, et présente au contrôleur mon titre de transport, me souvenant du temps où les compartiments de chemin de fer étant séparés, on entendait d'abord, précédant l'injonction, le petit bruit sec et comminatoire fait par la pince sur la vitre. Le cœur bat plus fort alors, crainte d'être pris en faute !

Et si je n'avais pas mon titre de transport ? Vite, je fouille mes poches, pour le trouver. Le voici, rassuré je le présente. Mais que se serait-il passé si je ne l'avais pas pris au guichet, ou si je l'avais perdu ? J'imagine l'amende, et pourquoi pas davantage peut-être : assignation en justice, condamnation, que sais-je ? Donc, me dis-je, je dois toujours me trouver en état de justifier ma présence, par production d'un titre l'autorisant.

Le train roule régulièrement, je m'assoupis un peu. La figure du contrôleur grandit démesurément. C'est un juge maintenant. Qu'as-tu fait de ton billet ? Quel titre as-tu à voyager ainsi ? Quelle autorisation à vivre ? Qu'as-tu fait de ta vie, de ses dons ? Les as-tu fait fructifier ? Montre-moi ton titre de transport, ce qui justifie la poursuite de ton chemin ici. Sinon…

De vieilles paroles résonnent en moi : *'Car on donnera à celui qui a, et il sera dans l'abon-*

dance, mais à celui qui n'a pas on ôtera même ce qu'il a. Et le serviteur inutile, jetez-le dans les ténèbres du dehors, où il y aura des pleurs et des grincements de dents.'*

Une autre voix enchaîne, augmente mon angoisse : *'Quand vous engendrerez cela en vous, ceci que vous avez-vous sauvera ; s'il vous arrive de n'avoir pas cela en vous, ceci que vous n'avez pas en vous vous tuera.'*** Et si véritablement je risquais de mourir, cancérisé, condamné simplement par le manque en moi de quelque chose d'essentiel ? La pince du Contrôleur devient celle du Crabe.

Coup de frein. Arrêt en station. En sursaut je me réveille. Je réfléchis au sens de mon rêve. Assurément de vieux souvenirs l'ont habité. Le contrôleur est bien parti, tout est calme maintenant : c'est bien.

Mais si je suis lucide avec moi-même, je dois reconnaître qu'Il me fera toujours peur. Et qu'aucune journée ne s'est passée, ne se passe pour moi sans que je me pose la question du talent à développer, de l'amende à payer ou de la peine à subir si je me trouve en défaut. Ai-je assez fait, assez tiré de moi, dans l'écriture par exemple, pour qu'au moment de tout finir je sois pardonné ?

Talent

Bien sûr, lucidement je souris de toutes ces craintes. J'ai dépassé évidemment tous ces enseignements de catéchisme, d'un châtiment qui nous menace. Et pourtant...

– Et pourtant on peut très bien, et toute sa vie durant, redouter un jugement tout en pensant qu'il n'existe pas. En effet, je pense qu'il n'y a pas de Contrôleur, et qu'on ne sera jamais contrôlé.

---

* Matthieu 25/14-30 : Il en sera comme d'un homme qui, partant pour un voyage, appela ses serviteurs, et leur remit ses biens. Il donna cinq talents à l'un, deux à l'autre, et un au troisième, à chacun selon sa capacité, et il partit. Aussitôt celui qui avait reçu les cinq talents s'en alla, les fit valoir, et il gagna cinq autres talents. De même, celui qui avait reçu les deux talents en gagna deux autres. Celui qui n'en avait reçu qu'un alla faire un creux dans la terre, et cacha l'argent de son maître. Longtemps après, le maître de ces serviteurs revint, et leur fit rendre compte. Celui qui avait reçu les cinq talents s'approcha, en apportant cinq autres talents, et il dit : 'Seigneur, tu m'as remis cinq talents; voici, j'en ai gagné cinq autres.' Son maître lui dit : 'C'est bien, bon et fidèle serviteur; tu as été fidèle en peu de chose, je te confierai beaucoup ; entre dans la joie de ton maître.' Celui qui avait reçu

Talent

les deux talents s'approcha aussi, et il dit : 'Seigneur, tu m'as remis deux talents ; voici, j'en ai gagné deux autres.' Son maître lui dit : 'C'est bien, bon et fidèle serviteur ; tu as été fidèle en peu de chose, je te confierai beaucoup ; entre dans la joie de ton maître.' Celui qui n'avait reçu qu'un talent s'approcha ensuite, et il dit : 'Seigneur, je savais que tu es un homme dur, qui moissonnes où tu n'as pas semé, et qui amasses où tu n'as pas vanné ; j'ai eu peur, et je suis allé cacher ton talent dans la terre ; voici, prends ce qui est à toi.' Son maître lui répondit : 'Serviteur méchant et paresseux, tu savais que je moissonne où je n'ai pas semé, et que j'amasse où je n'ai pas vanné ; il te fallait donc remettre mon argent aux banquiers, et, à mon retour, j'aurais retiré ce qui est à moi avec un intérêt. Ôtez-lui donc le talent, et donnez-le à celui qui a les dix talents. Car on donnera à celui qui a, et il sera dans l'abondance, mais à celui qui n'a pas on ôtera même ce qu'il a. Et le serviteur inutile, jetez-le dans les ténèbres du dehors, où il y aura des pleurs et des grincements de dents.'

** *Évangile selon Thomas, logion 70*

Tentation

– Moi. J'ai toujours aimé les bibliothèques, qui, une fois désertée l'église, furent pour moi les nouveaux temples. Et tous ces ouvrages bien rangés, des livres saints. Et tous leurs auteurs, des inspirés d'un dieu auquel je ne croyais plus. Prendre ma place auprès d'eux était mon rêve.

– Lui. Et autrement, est-ce que tu as vécu, est-ce que maintenant tu vis ?

– Moi. Pas vraiment. Mais cela a si peu d'importance !

– Lui. En es-tu si sûr, toi homme de papier, ivre de livres ?

– Moi. Mais que leur reproches-tu ?

– Lui. Ils sont la mort des arbres. Quel gaspillage !

– Moi. Mais laisser de soi quelque chose, un nom par exemple ? L'ajouter peut-être à ceux qu'on admire ?

– Lui. Plonge ton doigt dans la mer, et regarde le trou...

Tentation

– Moi. Même les escargots laissent derrière eux une trace brillante !

– Lui. Quel rêve absurde, et quelle dérision ! Mais regarde donc les gens vivre, sentir, jouir ! Il faut éprouver dans son corps, au plus profond de toutes ses fibres, la grande pulsation de la Vie, et y adhérer ! Sens le sable chaud sous tes pieds nus ! Toi tu n'es qu'un fantôme, une ombre. Ne lâche pas la proie pour elle. Écrie-toi devant la beauté des choses !

– Moi. Mais à s'écrier je préfère s'écrire. Il n'y a qu'une inversion à faire…

– Lui. Fadaises ! Écrivain : écrit vain !

– Moi. Comme tu y vas ! Il me semble pourtant que l'écriture donne aux choses un poids et une densité qu'elles n'ont pas dans la vie.

– Lui. C'est un catéchisme et il est faux : le sang d'encre n'est pas le vrai sang. Et puis, regarde toutes tes hésitations. Littérature, dis-tu ? Tu lis tes ratures, rien de plus. Et infiniment tu y perds ton temps et ta substance.

– Moi. Qui donc es-tu, pour vouloir ainsi me décourager ? *Aquoibonniste*, tu ricanes, tu détruis, tu brouilles et embrouilles, et préfères le non au oui.

Tentation

— Lui. Tu viens de me définir, et aussi bien tu connais le grec...

— Moi. Peut-être celui qui sépare, qui désunit : le Diable ?

— Lui. Exactement. Mais d'une autre façon aussi quelqu'un d'autre...

— Moi. Qui donc ?

— Lui. Tout simplement une partie de toi, une voix en toi. Maintenant, excuse-moi. Je dois te quitter. *Mais nous nous reverrons...* *

---

* *Luc 4/13 : Après l'avoir tenté de toutes ces manières, le Diable s'éloigna de lui jusqu'à un moment favorable.*

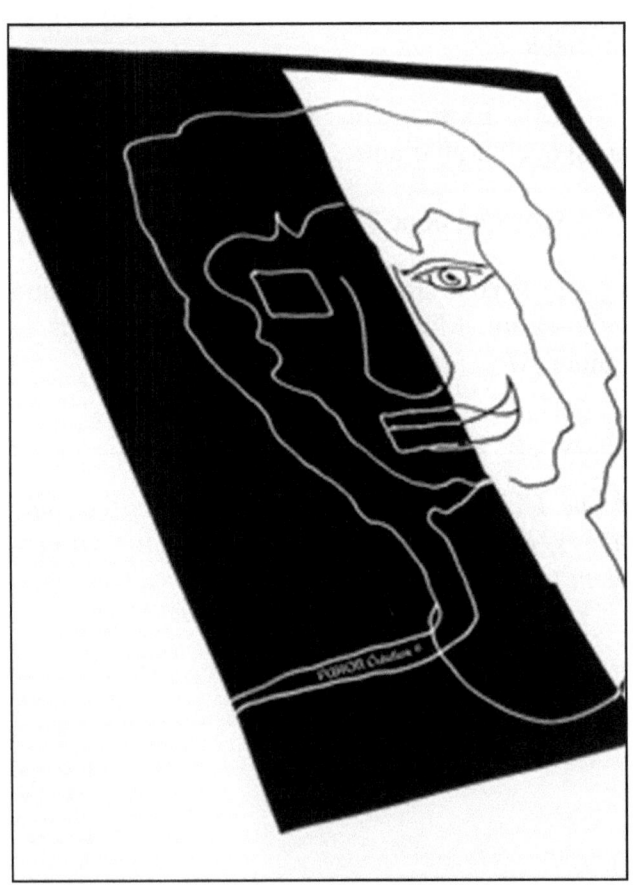

Transfiguration

Qu'il est beau ce visage, d'un sourire soudain illuminé ! Tout le gris pressenti des jours anciens y disparaît. Si cela pouvait toujours durer... – Mais ce sourire maintenant, pourquoi le perdre, pourquoi cet air maussade ? Pourquoi n'es-tu pas comme avant ?

Ou bien serait-ce de ma faute ? Qu'est-ce que j'ai fait ? Je n'ai pas mérité cela, pourtant...

Pourquoi est-ce que ce n'est pas toujours parfait ?

Ô vous mes yeux, et les tiens et les miens, soyez toujours rieurs, sourieurs. Donnez-moi toujours des spectacles bénis. *Resplendissants comme neige au soleil**. Ne m'abandonnez pas. Je n'aime pas l'autre visage, le visage gris, triste et soucieux. Que le Visage soit toujours glorieux. Vieillir, accepter le temps qui passe, le sillon des rides, je ne le veux pas. Que toujours me sourie la Vie...

Ces moments-là sont si beaux... Ils sont même si beaux qu'ils font peur. Ils transpercent, clouent sur place, pénètrent d'effroi. *Car ils ne savaient que dire, l'effroi les ayant saisis**. – Alors, si on s'arrêtait, s'immobilisait, et si on *dressait sa* *tente**, enfin, à jamais. Arrête-toi, Moment... Photo du bonheur. Ne bougeons plus...

– Crois-tu ? Est-ce que c'est juste ? Pourquoi poser des conditions ? Ne sois pas si gourmand. Tu ne peux tout avoir, toujours. Et toujours voir. Aux éclairs et aux miracles il faut survivre. Aussi tu n'es pas raisonnable. Attends un peu... *Attends*, un peu.

Le brouillard tombe. Tout disparaît dans la nuée. – Maintenant, si tu fermais les yeux, entendais la Voix...

Celui-ci est mon bien-aimé, écoutez-le...*

Cette voix est tout ce qui te reste, et assurément ce n'est pas rien. Le bonheur, le sourire, tu ne peux pas les voir toujours. – Mais y croire et te le dire, cela, au moins tu le peux. Tu as maintenant le savoir, et comme avenir le souvenir. Ils t'accompagneront, car tu ne peux pas rester à l'arrêt, tu dois marcher. Je te donne ici le secret.

Écoute donc...

Tu as *vu* ?

Donc, désormais, *écoute*.

Transfiguration

Marc, 9, 2-9 : Six jours après, Jésus prit avec lui Pierre, Jacques et Jean, et il les conduisit seuls à l'écart sur une haute montagne. Il fut transfiguré devant eux ; ses vêtements devinrent resplendissants comme la neige, et d'une telle blancheur qu'il n'est pas de foulon sur la terre qui puisse blanchir ainsi. Élie et Moïse leur apparurent, s'entretenant avec Jésus. Pierre, prenant la parole, dit à Jésus : 'Rabbi, il est bon que nous soyons ici ; dressons trois tentes, une pour toi, une pour Moïse, et une pour Élie.' Car il ne savait que dire, l'effroi les ayant saisis. Une nuée vint les couvrir, et de la nuée sortit une voix : 'Celui-ci est mon Fils bien-aimé : écoutez-le !' Aussitôt les disciples regardèrent tout autour, et ils ne virent que Jésus seul avec eux. Comme ils descendaient de la montagne, Jésus leur recommanda de ne dire à personne ce qu'ils avaient vu, jusqu'à ce que le Fils de l'homme fût ressuscité des morts.

Une surprise

Si tu es bien sage, Il viendra. Et il t'apportera beaucoup de cadeaux. Quand exactement, je ne te le dis pas. Mais sois sûre que de là-haut il te voit, te surveille. Il aime bien quand on obéit, se fâche dans le cas contraire. Tu lui as bien fait ta lettre, au moins ? C'est bien. Et quand tu dormiras, il descendra par la cheminée, remplira tes petits souliers. Le lendemain, tu auras une énorme et belle surprise. Et tu n'oublieras pas, j'espère, de le remercier...

Comme tu rêves, ma chérie. Tu es dans les nuages. Tiens, cela doit être ça son adresse :

« Père Noël, Villa *Les Flocons,* Boulevard des nuages, Le Ciel. »

Tu ne crois pas ? Comme j'aimerais être à ta place ! À l'église où j'allais, on l'appelait : « Le bon Dieu »... Voici que je rêve aussi, et que je me souviens. Viens dans mes bras, qu'on se câline, et qu'on rêve ensemble. Et pense à ta surprise...

■

Quelle musique, bien assourdissante ! Mais c'est la fête tout de même, tu ne crois pas ? Tout le monde semble bien s'être donné rendez-vous au supermarché. Les rayons sont dévalisés, les

Une surprise

jouets, la nourriture pour ce soir de réveillon... Tu penses toujours à ce que tu auras demain matin, à ton réveil, n'est-ce pas ?

Mais quel attroupement là ! Pourquoi tous ces enfants ? Ce photographe ? Ah ! Je vois. Et tu le vois aussi, toi. Et c'est encore une surprise... Il vient avec sa houppelande rouge, sa barbe blanche, ses lunettes. Il veut te toucher, te caresser. Mais laisse-le faire, donc ! Et qu'est-ce qui te prend ?

Épouvantée, la petite fille se blottit dans les bras de sa mère. De voir la grosse figure rougeaude et la neige hirsute si près d'elle, elle s'angoisse. Beaucoup d'enfants sont comme elle, violés par cette intrusion intempestive, cette cruauté bonhomme.

Eh bien, si je m'attendais à ça ! En voilà encore une surprise ! Je ne sais plus quoi dire : tu en rêvais si fort ! Décidément, ma petite fille si songeuse me surprendra toujours.

■

Vous avez tort, Madame. Réfléchissez. On ne voit bien que ce qu'on rêve, et on est épouvanté par ce qu'on voit. Toucher ses rêves, c'est les détruire. L'attente et l'espoir nous font, la réalité nous défait. Méditez donc cette défaite, que vous

Une surprise

venez de voir ce soir. Nos corps eux-mêmes sont en exil. *Ce que l'on voit, peut-on l'espérer encore ?* Car nous marchons par la foi, et non par la vue.***

---

* Romains 8/24 : Car c'est en espérance que nous avons été sauvés. Or, l'espérance qu'on voit n'est plus espérance : ce qu'on voit, peut-on l'espérer encore ?

** 2 Corinthiens 5/6-7 : Nous sommes donc toujours pleins de confiance, et nous savons qu'en demeurant dans ce corps nous demeurons loin du Seigneur, car nous marchons par la foi et non par la vue ...

Table

Avant-propos..................................7

Anorexie......................................11

Capitale 15

Chute 17

Comme c'est pas permis… 23

D'où viennent les choses….............27

Découragement 29

Devant tout le monde… 31

Dieu lui-même..............................35

Doute et Présence..........................37

Genèse d'un fasciste......................39

La Petite voix 43

Le Misanthrope confondu 47

Les Massacres ordinaires 51

Les Précautions inutiles 55

Morts 59

Murs 63

Nom de baptême 67

On ne répond pas à son père… 71

Oui ou non...................................75

Table

Petite 79

Proies pour la hache 83

Pudeur 87

Résurrection 89

Rêve 93

Royaumes 97

Souffles 101

Talent 105

Tentation 109

Transfiguration 113

Une surprise 117

Table 121

Du même auteur 123

Et sur le même sujet 125

Du même auteur

■ Éditions Graphium, 4, Boulevard Berthelot, 34000 Montpellier :

Beaudonnet, traces et fragments d'un langage peint, préface d'André Chastel, 1987.

■ Éditions du Centre Régional de Documentation Pédagogique, Allée de la Citadelle, 34064 Montpellier :

Rhétorique de l'image, 3e édition, 1993.
Le Style par l'image, 1993.
99 réponses sur les procédés de style, 2e édition 1995.
Laquelle est la vraie ?, 1997.

■ Éditions Ellipses, Paris :

Comprendre la culture générale, 1991.
Réussir le commentaire stylistique, 1992.
Initiation à l'art, 1993.

■ Éditions Albin Michel, Paris :

Les Deux visages de Dieu. Une lecture agnostique du Credo, 2001.
Petit lexique des hérésies chrétiennes, 2005.

■ Éditions Golias, Villeurbanne :

Théologie buissonnière – Les mots-clés de la culture religieuse :

tome 1 : 2007 – tome 2 : 2010.

Des mots pour le dire – L'actualité au fil des jours, 2011.

Du même auteur

À l'ombre de la Bible – Scènes de vie, 2014.
La Source intérieure, préface d'André Gounelle, 3ᵉ édition revue et augmentée, 2015.
Propos croisés – sur la vie, sur la Bible et sur Dieu, 2016.

■ Éditions Dervy, Paris :

Une Voix nommée Jésus – L'Évangile selon Thomas, 2010.
Méandres de l'amour - Éros et Agapè, 2014.

■ Éditions Le Publieur, Paris (www.lepublieur.com) :

Cours de stylistique en 99 leçons, ouvrage électronique multimédia, 2014.
Petite philosophie de l'actualité, ouvrage électronique multimédia, 2014.

■ Éditions Olivétan, Lyon :

Théologie buissonnière, ouvrage électronique multimédia, 2016.

■ Éditions BoD (www.bod.fr) :

Sur les chemins de la sagesse, 2017
La stylistique expliquée – La littérature et ses enjeux, 2017
Tels ils marchaient dans les avoines folles – Dialogues sur le visible, 2017
La Source intérieure (Préface d'André Gounelle), 2017
Théologie buissonnière (Préface d'André Gounelle) : Tomes 1 et 2, 2017

Et sur le même sujet...

« La source ne se trouve pas ailleurs mais en nous. Le pèlerin de l'intériorité vit la religion comme lecture de soi et recueillement en soi, et non comme lien d'asservissement ou de sujétion à une communauté ou à des autorités. Il chemine, cherchant inlassablement à travers les mots la parole, source de vie ou vie à sa source...

Ce livre m'a charmé et enrichi, il a stimulé ma réflexion et ma méditation. Le souci de la beauté l'anime autant que celui de la vérité. Je suis sensible à son étonnant mélange de sérieux et d'humour, de profondeur et de jeu, de bien-

Et sur le même sujet...

veillance et de polémique. Je lui en ai une très grande reconnaissance, une reconnaissance que, je le pense et l'espère, éprouveront tous les lecteurs de ces pages d'une qualité exceptionnelle. »

André Gounelle

192 pages
Éditeur : BoD (www.bod.fr)
Dépôt légal : 11/2017
ISBN : 9782322101016

Et sur le même sujet...

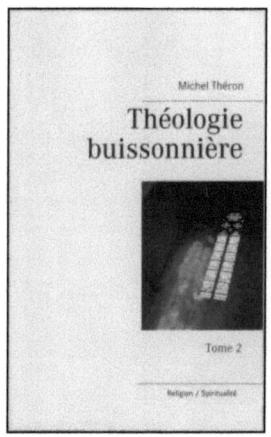

« Michel Théron nous offre une agréable et instructive promenade parmi plusieurs notions fondamentales de culture religieuse. Il a choisi pour les deux tomes de cet ouvrage environ 80 mots, rangés en ordre alphabétique, qu'il commente avec la gourmandise d'un fin lettré et une tendresse amusée pour les étrangetés du religieux mais aussi attentive à ses profondeurs... Malicieux, méditatif, réfléchi, bien informé et non conformiste, ce livre nous sort de nos routines, nous aide à penser sans jamais rien nous imposer... Cette promenade peut très vite déboucher, si on le désire, sur une exploration élargie et approfondie. Ce n'est pas un des moindres mérites de cet ouvrage que d'inciter à aller ailleurs et plus loin ; on sent ici tout l'art pédagogique du professeur incitateur ou éveilleur et non doctrinaire qu'a été Michel Théron. »

André Gounelle

392 et 324 pages
Éditeur : BoD (www.bod.fr)
Dépôt légal : 10/2017
ISBN : 9782322084968 (tome 1), et 9782322084982 (tome 2)

Et sur le même sujet...

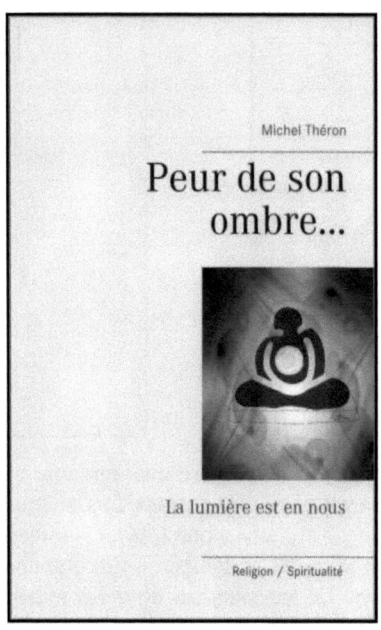

Ce livre récuse l'idée d'une Puissance extérieure et antérieure à nous, que nous projetons et imaginons pour justifier nos craintes et nos espoirs. D'où son titre : *Peur de son ombre...* En réalité cette puissance est en nous-mêmes, si nous savons bien l'y chercher. D'où son sous-titre : *La lumière est en nous*.

À côté de cela, l'ouvrage peut aussi permettre à chacun de parfaire sa culture religieuse, qui est malgré l'oubli de notre temps une partie essentielle de la culture générale.

184 pages
Illustrations de Stéphane Pahon
Éditeur : BoD (www.bod.fr)
Dépôt légal : 12/2017
ISBN : 9782322100859